U0146231

因风飞过蔷薇

THE WIND BLOWS THE ROSE

胡向真 著

翻开这本书，
你将遇到更好的
自己。

作家出版社

图书在版编目（CIP）数据

因风飞过蔷薇 / 胡向真 著. -- 北京 ： 作家出版社，
2017. 1

ISBN 978-7-5063-9330-0

Ⅰ. ①因… Ⅱ. ①胡… Ⅲ. ①短篇小说 - 小说集 - 中国
- 当代 Ⅳ. ① I247.7

中国版本图书馆CIP数据核字（2017）第006943号

因风飞过蔷薇 ────── ──────

作　　者：胡向真
责任编辑：省登宇
装帧设计：夏　冬
出版发行：作家出版社
社　　址：北京农展馆南里10号　　邮　　编：100125
电话传真：86-10-65930756（出版发行部）
　　　　　86-10-65004079（总编室）
　　　　　86-10-65015116（邮购部）
E-mail:zuojia@zuojia.net.cn
http://www.haozuojia.com（作家在线）
印　　刷：中煤（北京）印务有限公司
成品尺寸：142×210
字　　数：180千
印　　张：7.375
版　　次：2017年1月第1版
印　　次：2017年1月第1次印刷
ISBN 978-7-5063-9330-0
定　　价：25.00元

序

文 / 黄忠

向真的《因风飞过蔷薇》要出版了，嘱我写篇序。

说实在话，我还是很喜欢向真的，尤其是她对自己文章的自信和用心，十分打动我。我本来就打算给她写点东西，但她说想请名家写序，我想我并非名家，主人公没有开口，我大可不必急于自己赤膊上阵的。

然而名家自然难请。我们都是出身草根的人，虽然获了一点奖，发了一点文章，但本不认识什么名家，即便能说上句话，在名家的眼里，也不算什么。最终兜兜转转，还是由我来写序。这是很正常的结果。我常说，"门当户对"不仅仅适用于婚姻之中，交友同样适合。一般而言，我们的好友都是与我们同一阶层的人物，只有同一阶层，才不至于产生过大的心理落差。虽然同阶层也有些微的差距，但共同话题自然多些。

在我的印象中，向真一直是个温和的女孩子，戴着眼镜，很清秀，一直微笑着。说实在话，向真并不是来自于我们这里最好的学校，在高度重视分数的团队中，她一开始并没有引起我特别的关注。而我有时会不经意地提起文化课成绩，说起文化课的重要性。这时，我总是会看到向真不服输的表情。有时我想，她还真是一个很有志气的孩子呀。

随着接触向真的文字越来越多，我也越来越为她真诚的文字所打动。她对孤独的独特感悟，她对亲情的细腻感触，她对生活的敏锐观察，都让我深为触动。我有一种感觉，像向真这样的孩子，才是真正有文学天赋的孩子，虽然不一定会达到琼瑶那样的成就，但却是有成为文学大家的潜质的。

有时候我也会怀疑，如果抛却了所谓高考成绩的考虑，她的文字，会不会是最打动我的呢？

其实有时想来，我们现在的文字，都已经承载了太多功利的色彩。功利或许会让我们感觉有看得见的收获，却经常让我们失去了文字原本带给我们的快乐。所以很多时候，所谓荣誉，所谓成绩，都是双刃剑。

当然，我看好向真，并不是说她的文学之路会很顺畅。这个社会是一个机会很多的社会，也是一个竞争很激烈的社会。任何事业的成功，都不容易。文学的路，一样难走。当年琼瑶具有如此高的文学天分，尚且花了那么多年才算走出了一片天。而向真的文字，虽然长于叙事，在思想的深度上却还需锤炼。简单来说，故事看着都还是蛮好看的，却没有那种让人产生普遍共鸣的点。

而生活中，无论《蜗居》，还是《虎妈猫爸》，诸如此类的畅销小说和热门影视剧，都需要有一个引起人共鸣、让人热烈讨论的点。怎样抓这个引发人共鸣的点，可能是向真接下来要认真思考的事情。

向真不知有没有那么强的毅力，可以守到云开见月明的一天。希望能如她所说，对于文字，"不忘初心，方得始终。"

祝福向真。

（黄忠，作家，新金鳌文化传媒创始人）

目　录
CONTENTS

第五个纬度的夏天

从南京到温州，跨过五个纬度，下了五场大雪。

这两座城市，从毫不相干到渐渐有了联系，我把这一切归功于我。

两座城市，两个人。

就像数学里交集并集的概念一样，在这两所城市的并集中，重合的那个人，是我。

我从未想过，有一天，我会离开温州，孤独而又落魄地前往南京，却也不曾料到，我又终将带着不舍离开南京，只身回到温州。

也许世间很多的事本就是琢磨不透的，否则我也不会反反复复患得患失，最后兜兜转转又回到原点。

可后来，我发现，这原点，早已没有了原先的模样，变得面目全非起来。

所以顾北，当最后一切都归于零时，我们还会相遇吗？

我无比怀念，多年前南京的那个夏天，我们相遇，然后你说你叫顾北，我说我叫苏夏。

你好顾北，别来无恙。

南京

在荒唐地经历了十二分之一的人生后，我莫名地被父亲塞进车里，颠簸九个小时，去了一座陌生城市。父亲说：它叫南京。我坚定地说：我的家叫温州，我要回家。父亲无可奈何地看了我一眼，叹了口长长的气，却不说话。

我知道，从这一刻开始，父亲已不再是我小时候那个可以让我骑在他背上玩笑嬉戏的父亲了。他已经变了，变得无论说什么都不容我反驳了。我知道，我们之间的亲情快荡然无存了。

后来母亲告诉我，父亲不是不爱我，他只是想让我接受更好的教育，将来成为更为出色的人。当然这只是后话，因为他们永远不会知道，比起功名，更值得让一个孩子去宝贝的东西，是亲情。

我就这样后知后觉地跨过五个纬度，被丢弃在了这座古老的石头城。

他们回去了，他们又跨过五个纬度回到了温州。离开前对我说的最后一句话是："夏夏，好好照顾自己，长大后你就会明白，我们这是为了你好。"

多么可笑又多么荒唐，我只身一人跨越五个纬度后停留在南京，而这之间的理由仅仅是单薄而又无力的三个字——为你好。

我对自己说："苏夏，以后你就是一个人了。"

我被托付在了一所名为"外国语"的寄宿学校，看着周围黑糟糟的人群，像是棋盘上的一枚枚棋子，从出现在这世界的那一刻起，就早早地被安排好如何终老。也许，在一定程度上，我们都是一样的。

父母帮我简单收拾好行李后，便返回温州，空留我一人在寂寞的石头城哭泣。

我没有多余地反抗，因为我知道，父亲已经变了，反抗也是无济于事，还不如平静地接受这一事实。

我躺在寝室里小小的木板床上，睁着眼，看着上铺木板的碎屑一点点飘落下来，轻飘飘地落在我的身旁。我在脑海里演示了一遍遍即将熬过的六年，或许，更久……我应该会变得自闭起来，整天什么话也不说，只知道盯着枯燥无味的课本，摇着脑袋，大念："知乎，知乎……"然后以优异的成绩衣锦还乡，被父母夸奖说我是他们的骄傲，再然后呢，考上公务员，结婚生子，再把孩子送到最好的学校，为他安排好一生的轨迹……

后来我发现，其实我错了。我的错误就在于，早早地认识了你，顾北——那个使我脱离了人生轨迹的男孩。

我从未想象过，有一天，我会因为一个人的某一句话，义无反顾地选择反抗。就像我现在写这些东西时，想起了你，嘴角还是会微微上扬。

我们的相遇，平淡无奇，远不如偶像剧来得那样狗血，甚至还显得有些乏味。

就像是大多校园故事中会写到的那样，我们之间，仅仅是因为一条本意是将对方划分开来的三八线，联系在了一起。

初次相遇时，你剃着小平头，穿着简单宽松的T恤。那时你给我的第一印象是狂放张扬，动不动就摆出一副要替兄弟报仇视死如归的样子。小小的拳头张狂地挥舞着，仿佛可以征服全世界。我不由得皱起了眉头，对你有些反感。"幼稚。"我在心里默默地吐槽你。

所以后来老师将我们两个排在一起，做同桌时，我拿起铅笔，不紧不慢地在漆着红漆的双人桌上画了一道长长的三八线，企图与你划开界限，保持距离，免得和你有过多的交集。

后来发现我错了，我们像是两条相交线，命中注定有相交的那个点。

你看了看我，把头凑到我跟前，"喂同桌，能不能别这么矫情啊。"我看着你清澈的眼睛，坚定地摇了摇头。你无可奈何，只好伸出手说："我叫顾北，顾家的顾，北方的北。"我迟疑了会儿，却还是出于礼貌握了握你伸出的手。

顾北，原来从那时候开始就已注定你永远只能生活在我北方的城市。我放下警惕，小心翼翼地说："我叫苏夏。"

你真的是个很得寸进尺的人，仅仅是简单的自我介绍后，你就装作一副和我很熟的样子，拿出橡皮将那条三八线擦得一干二净，我甚至看不出它原有的痕迹。

我有些后悔我那出于礼貌的握手，要是早知道你会如此厚颜无耻，我宁可不顾礼貌将你冷落在角落的尘埃中。

然后你说既然我们相遇了，就要珍惜现在，免得到时候分别会后悔。我一脸不屑地看着你，摇了摇头。

只是顾北啊顾北，你说得没错，在离开你后的几年内，我常常想起你就会泪流满面。

不过我们坐了同桌后倒也算友好，经常一起在上课打盹，偷吃零食，分享抽屉里的课外书以及互传纸条吐槽某个老师的口音。

我给你安利泰勒，你向我介绍科比。于是，后来我们分别时，泰勒和科比成了我们共同的男神女神。

你会说一口地道的南京话，然后鄙视我，"是不是南京人啊，连南京方言都不会讲，只会说字正腔圆的普通话。"我说，我不是南京人，我是温州人。你不可置信地看着我，问："温州在哪？"我摇了摇头，说我也不知道。

你说我只会说字正腔圆的普通话，可是顾北，你错了，除了普通话，我还会讲温州话——中国最难学的方言。

我偶尔会教你说温州话，看着你艰难地说出几句口音极怪的温州话时，我没心没肺地嘲笑你。你也不生气，继续说着蹩脚的温州话逗我笑。我说顾北啊顾北，还好你不是温州人，不然你该怎么在温州生活下去。你不服气地对我说，如果你在温州，温州话肯定讲得比我好得多。

好吧好吧，我信了，你说什么我都信，毕竟我是这样地信任你。

你给我讲玄武湖四季，植满南京城的法国梧桐，以及涵盖各种小吃的湖南路的时候，带着本地人的骄傲与热情，可我却不可抑制地想流泪。你问我怎么了。我说：我想温州了，想念温州那令人垂涎欲滴的糯米饭，粒粒饱满富有嚼劲的糯米，漂着小油滴的肉丝汤汁，轻轻一咬就嘎嘣响的脆油条，以及铺在糯米饭上面细细小小香喷喷的葱花。我哭着对你说："顾北，我真的好想回去。"

顾北，我真的好想回去……可后来我才发现，原来到了一定的时候，原先所说的话会变得那么讽刺。

就像多年后的清晨，我一个人漫步在温州的街头，咀嚼着夜夜出现在我梦中的糯米饭时，却不可抑制地想起你。

学了地理之后，我们经常两个脑袋凑在一起，把地图铺满整张大桌子，用比例尺计算南京与温州的距离。我数了数，才发现它们之间隔了整整五个纬度。你仰着脑袋对我说：原来温州在南京的南方。

因为你也和我一样，想了解温州与南京的异同，所以我们都分外努力地学起地理。然后总在晚自习时故作博学地向对方分析，你指着书本对我说南京和温州都是亚热带季风气候，我说：嗯，它们都分布在秦淮以南。

只是纵使它们之间没有隔着秦岭淮河，却也真真切切地因为五个纬度而遥遥相望。

就像北方的雪永远也不可能与夏天重合那般，我与你的相遇，也不过是上帝开的一个小玩笑。而我，终将在未来的某一天，回到那个属于我的南方海滨城市。

冬·雪

南京很快进入了冬天，即使这已是我在南京度过的第三个冬天了，我却还是不习惯这种刺骨的寒冷。我知道，也许真正冷的不是天气，而是我的心。

南京的冬天是有雪的，年年有。而温州，鲜少有。记得我离开前的那个冬天下了七年来的第一场雪，自此，温州便再也没下过雪。

我与父亲母亲已经很久很久没交流了，久到我已忘记他们的声音，以及上一次通话的时间。是的，他们都很忙，我们都有自己的事要做，自己的路要走。

在一个下着雪的夜晚，母亲打来了跨越五个纬度的电话。即使已经那么久没联系了，可听到她声音的那一秒我还是想起了她。

我不喜欢给手机号码弄备注，因为这样无论谁打电话过来我都会以为那是爸爸妈妈打来的，然后开心那么几秒。我知道，这种微不足道的小事给予了我多少的快乐。

我颤抖着手，哆哆嗦嗦地拿起手机，艰难地按了下接听键。

母亲说："夏夏，你过得还好吗？"

我说："嗯。"

她问："钱还够花吗？"

我说："嗯。"

她说："夏夏，你能不能跟妈妈好好说句话？"

我说："哦，那你说吧。"

电话那头沉默了半分钟，继而响起了"嘟嘟"的回声。

我无力地放下手机，转头看着顾北，他站着我的身后，很安静地看着我，我觉得和他在一起时，无论发生什么事，我都显得那样安心。

我对他说:"顾北,你知道吗?其实我不想这样的。我其实很想跟我妈妈好好说话,我很想告诉她我很想她,很想温州。"

我说我真的不想这样,我不奢求衣锦还乡,只想好好地拥有亲情。我说我愿意用我现在所拥有的一切,换回和他们相处的时间。哪怕最后,我将落魄得无法抬头,我也不会后悔。

他抬起了手,却终究没能给我一个拥抱,只是无力地放在我的背上,轻轻地抚摸。

我说我一点也不喜欢南京,不喜欢南京的天气,不喜欢南京的学校,也不喜欢南京的人。

"那么我呢?"顾北问我。

我意识到自己说错了话,忙捂住嘴巴,在脑海里组织了一下语言后对他说:"顾北,你知道我不是这个意思的。对不起……我不是故意的。"

你笑了,"我和你开玩笑的,我知道你没有那个意思。"

只是我没有觉得好笑。

我的眼泪没有预兆地流了下来,风干成一道道狰狞的痕迹。南京的雪,下得那么大,为什么独独冻不住我的眼泪?

我站在零下4摄氏度的南京,感受着雪粒子落在我肩膀上的重量,然后我发觉,雪粒子那微不足道的重量,却足以击垮我的身体,压榨出我的眼泪。

顾北没有说话,只是安静地看着我,整个世界,都陷入寂静的笼,唯一能听到的声音,只有我低声的哽咽。

原来,下了雪的南京,会安静得那么可怕。我开始絮絮叨叨地说了很多：像很多温州的孩子一样，从出生开始，就已经被安排好了一生的轨迹。从小被送到别的城市接受更好的教育，然后再回家考公务员，找户家境殷实的人家嫁了，结婚生子，让孩子走自己曾走过的路。

顾北还是没有说话，捧起一堆雪，放在我的手心，让我感受雪的温度，凉凉的。雪开始一点点融化，我看着一堆白净的雪最终化为虚无，只剩下一团透明的水在我手心流动，然后我感受到了痛彻心扉的寒冷。就当我的手快冻僵时，顾北从口袋中拿出自己的手，紧紧地握住我。他的掌心很温暖，我的手又开始灵活自如了。然后顾北说："阳光总在风雨后。苏夏，你要知道你现在所经历的这些，都是为了成就你以后的不平凡。"他一脸认真地看着我，企图开导我。

我摇了摇头，对他说："顾北，你知道吗？我怕如果这样一直下去，等到最后一切归于零时，我才会发现，这个世界，根本没有我的痕迹。我想走自己的路，走一条干净得没有一个脚印的路。可是为什么？我的人生在还未开始的时候，就要被人安排好结局？"

顾北沉默了许久，然后抬起头问我："为什么不反抗？"他清澈的眼睛如平静的湖水被一粒碎石子惊扰，掀起一层涟漪。我说我甚至没想好怎么抗拒，就已经被扔到了这座城市。

是啊，既然讨厌这样的生活，为什么不挣脱？

可是顾北，你知道吗？我害怕，害怕纵使反抗了，也没能收获自己预想的结果，那么到时候，只会更绝望吧。况且，我不愿爸爸妈妈对我失望。

"苏夏，我希望无论如何，你都能开心。"顾北对我说完这句话后，像鼓起了很大的勇气那样，抬起手，给了我一个拥抱。

你的拥抱很暖，暖到我竟萌生出一直待在雪地里这种荒唐的想法。我钻进你的怀抱，将耳朵贴在你的胸膛上听着你铿锵有力的心跳，然后随着雪，将自己沉淀在零下4摄氏度的世界里。

你说："苏夏，不管发生什么事，我们都还是哥们。"

我说好，永远的哥们。

星·灯

我站在玄武湖的湖边，看着白昼慢吞吞地褪去，夕阳被黑夜一点点地吞噬，最后天空只剩下了黑色。我才发现，原来南京的夜晚，没有星星。除了湖边闪耀的霓虹灯，我竟找不出多余的光亮。

我拿出手机，用力地在键盘上摁下一个个数字，然后拨了出去。手机里传来了我熟悉的声音，跨越了五个纬度来的。

我平静地问她："妈，温州下雪了吗？"

"傻孩子，温州在江南地区，怎么会下雪呢？已经好多年没下过雪了，想要下雪，应该很难吧。"

"妈妈，那你告诉我，温州现在多少度？"

"16摄氏度。"妈妈说。

"妈妈，你冷吗？"

"妈妈不冷，夏夏，你多穿点衣服。"

"是啊妈妈，你在零上16摄氏度的温州，又怎么会体会到南京零下4摄氏度的雪。妈妈，你知道吗？我好冷，真的好冷。南京真的太冷了，冷到我感觉我像块冰，将永远地静止在南京零下4摄氏度的雪中。"

"夏夏，你怎么了？这孩子，怎么还胡言乱语起来了？"

"妈妈，我想家了。"我说，"妈妈，我要回家。"

"再忍一忍宝贝，你爸爸说了，等你考上一所好的大学，你就可以回家了，到时候我们一家三口一起生活，妈妈好好照顾你好吗？"

"妈妈，我再说一遍，我要回家，你听见了吗？"我说，"我在玄武湖边。我告诉你最后一遍，我要回温州。"我的声音平静得如同玄武湖上微微荡漾着的湖纹，这也许是一个绝望的人最后声嘶力竭的呐喊。

"妈妈，我要回家。"

回音盘旋在玄武湖的上方，迟迟不肯散去。

母亲的声音颤抖了，她说："苏夏，听着，不许干傻事！"过了会儿，她又说，"妈妈已经跟爸爸商量了，过几天就把你接回来。你听着，不许干傻事！是爸爸妈妈对不起你，妈求求你了……"

我按了下红色的键盘，挂断了电话。

回到学校，我看见了顾北。他穿着干净的白T恤，安静美好地站在我面前。我艰难地挤出一丝笑容，说："顾北，我成功了。顾北，我要回家了。"

顾北，我要走了。我要回家了，离开南京然后跨过五个纬度回温州。

顾北迟疑了会儿，拍了拍我的肩，笑着说："哥们，恭喜啊！

终于逃脱了被安排好的轨迹。"

我也笑了，可是笑容里，竟然有了一丝苦涩，像是冬日里不加糖不加奶的黑咖啡。

顾北拉着我，跑到了学校不远处的湖南路——那条他跟我念叨了无数次的小吃街。他说："哥们，认识你这么多年还没带你真正出来玩过，我总以为以后有的是机会，可没想到，那么快……"他哽咽着，我能看得见他眼眶里积攒的泪水，似乎再多说一句话，它们就会耐不住寂寞地跑出来。

我张了张唇，企图想要和他说些什么，他忽然跑开了，跑进了一家包子铺，出来时，手里多了袋东西。他把白花花的蟹黄包扔到我怀里，"快吃吧，趁热吃，凉了就不好吃了。"我点了点头，极其艰难地咬下一小块，却怎么也吃不出味道。

我的记忆中，南京的蟹黄包，是除了温州糯米饭外最让我心动的食物。可如今，却味同嚼蜡。真的，我再也感受不到一丝食物的温度，吃不到一丝食物的味道。

是天气太冷了吗？冷到将食物的味道也连同这雪一块封存了起来吗？

我站在寒风里，抬起头静静地看着顾北。原来，在不知不觉中，他已经那么高了，已经整整比我高出了一个头。他的侧脸安静而美好，我想时光就该静止在这一刻停滞不前的。

我忽然不想离开了，我问顾北："顾北，我不走了好吗？"

顾北愣住了，沉默了许久后，才迟疑地问我："你真的决定了吗？你不是说过自己想摆脱这种被安排好的命运吗？"

我没有再说话，只是停在原地不安地咬着嘴唇。是啊，我明明那么想摆脱这种被安排好的命运，那又为什么在成功后却想放弃。

后来我知道，仅仅是因为你，顾北，那个教会我如何去反抗的男孩。

我思考了整整两天，最后我决定了，为了你，我愿意继续留在南京，即使我曾经是那么地想要挣脱开它的枷锁。

我跑到你身边，兴奋地对你说："顾北，我不走了好不好，我留在这里，跟你一起完成学业。"

你头也不抬地对我说："如果仅仅是因为我的话，没必要。"

你不再理会我的荒唐，继续完成你的作业。

接下来的好几天，你都没有理我，我甚至尝试过在上课时偷偷将零食塞给你，可是你没接，只是挺着腰板认真地听老师讲课。

几天后，你主动跟我讲话了，你说："苏夏，一直以来我都把你当成了哥们。可是你知道吗？男女有别，我们不可能会成为真正的哥们了。况且我有喜欢的人了，隔壁班的赵蕊婷——元旦会演的主持人。她也向我表达过好感，我怕她不喜欢我和别的女生走得那么近，你知道的，我……所以苏夏，对不起。"

我哭了，拍打着你的肩膀，无力地说："说好了当一辈子的哥们呢？所以你一直都在骗我，所以你对我们的这段友情一直都很不屑是吗？"

你说，我们都该明白的，我们这种友谊，只能是站台式的友谊，在这一站时寒暄，而到了下一站，停靠时奔赴不同的终点，各自精彩。你说既然你已经找到了喜欢的人我就该跟你保持距离，否则我们将连朋友都做不成。

好了别再说了顾北，我明白了，嗯，就这样吧，我们就此分道扬镳。

我离开南京的那天，你把我送到了南京南站。过安检前，我给了你一个拥抱，我说：顾北，后会有期。

其实，我真正想说的是："顾北，我喜欢你。"

不知道从什么时候开始，我对你的感觉从友谊开始，跨越五个纬度，发展成了爱情。就像是初夏的一粒青涩的梅子，酸溜溜的，却又回味无穷。那么你，知道我喜欢你吗？

傻顾北，就算是我离开，你也不知道挽留吗？难道你不会告诉我，你真的很在乎我，真的很在乎我们这段友谊吗？

其实，在我对母亲说出要回温州的时候，就已经后悔了。在没有你的城市生活，又何尝不是一副枷锁？你有没有想过？如果你试着去挽留我，我一定会留下的，就算是为了你。

后来我发现，南京的夜晚其实是有星星的，而那颗星星，便是你的眼睛。

后会有期

我记得我在文章的前半部分写到过，我们是两条相交线。的确，我们是两条相交线，在交点处相遇后便渐行渐远，奔赴自己的未来，各自精彩。此生，再无任何相遇的机会。

我回温州后，你彻底消失在了我的世界。我们之间，再也没了联系。

当然，有时候我也会矫情地在手机上翻翻我们的聊天记录，怀念一下旧人。只是当我看到，我们之间最后的消息时间，停留在多年前那个夏末时，我还是感受到了物是人非的苍凉。

"衣不如新，人不如旧"这句话，见证了多少人的人生，而这一次，它再也无法强加在我身上。

我闲逛在温州的大街上，街头有家卖糯米饭的店铺，我走上前去，要了一碗。我舀了勺饭，它还冒着热气，看上去很美味，只是当我把它送进嘴里后，却再也无法感受到曾在南京时那种期盼的味道。多么想念你啊，顾北。

我知道，这里是温州，不会有一个名叫顾北的少年。

我一个人走在温州的大街上，随着秋风，泪流满面。是啊，离开了那么久，还是会想你。我何其眷恋你拥抱的温度，眷恋你犹豫了很久才伸出手抱紧我的神情。

我以为，这辈子，我们再也无法有交集。

只是我没想到，多年以后，我还会有幸再收到关于你的消息。

夏末的时候，我收到了你的快递。就像童话故事中的时空隧道一样，我拆开快递，找回了我曾经遗失的那段记忆。

快递里装着一本厚厚的日记本，里面记录了你我的相识，凑着脑袋在地图上讨论南方第五个纬度的故事，以及你最后对我青涩的暗恋。你说，你在青春记忆里最后悔的事便是，在我离开的时候没有挽留我。你说你害怕被我拒绝，害怕我将来后悔时会怨恨你，或者说，你害怕成为我青春路上的绊脚石。

或许，我们再也无法见面。

你甚至告诉了我关于我们最后那场不欢而散的故事的内幕。你说你喜欢的是我，只不过想让我成为我自己，去寻找我自己的路，无可奈何之下，你伪造了故事的真相。

顾北，原来世界上最幸福的事就是你喜欢的那个人刚好喜欢着你。

高考后的那个夏天，我给你寄了封信。顾北，你还记得我离开南京前对你说的最后一句话吗？

我说："顾北，后会有期。"

我把第一志愿填了南京的大学，那座有着你气息的城市。

一个星期后，我收到了你的回信，你说，你的第一志愿填在了温州，我的家乡。

暮春已度，夏至未至

已是暮春，空气中颠簸着淡淡的雏菊清香味。贝沐沐躲在素色窗帘后，偷看着楼下拉扯着的一男一女，女生挣脱开男生的手扬长而去，而男生站在原地一动不动，她下意识地往后退，结果碰倒了纯白木柜上装着雏菊的玻璃容器，在一阵清脆的撞击声后，空留满地破碎的琉璃。

贝沐沐后知后觉地蹲下身捡碎片，一片一片地拾起碎玻璃，放在手上，把它们叠在一起。细碎的玻璃渣子不知何时刺进她的手心，白嫩的手上沁出一粒血滴，像是点在手心的朱砂痣。

秦之行推开门，看见贝沐沐光着脚，蹲在地上，半裙所遮处恰到好处地露出脚踝。她像只乖巧的小猫，将头发拢到耳后，然后一片一片地将碎玻璃捡起。他忽然有些心疼，走到她近旁，这才看见她手心沁出的血滴。

"你放下吧，我来。"秦之行语气温柔。

她犹豫了会儿，最后还是乖巧地点了头。

他从电视柜下拿出医药箱，细心地替她用蘸了酒精的棉花擦拭伤口、贴上创可贴后默不作声地低头拾碎片。

"我会不会打扰到你？"许久，她问他。

"不会，别想太多了。"

"可是刚才蔓夕跟你吵架了。"

他顿了顿，没有回答她。

贝沐沐光着脚跑去拿垃圾桶给他扔碎片，他无可奈何地摇摇头，将碎片丢进垃圾桶后嘱咐她站着别动，然后转身帮她去拿拖鞋。

秦之行将粉色小兔子拖鞋丢到贝沐沐跟前，"穿上，小心玻璃扎脚。"

她点点头，将脚伸进拖鞋。

贝沐沐与秦之行算是青梅竹马了，从小就厮混在一起。

秦之行是那种寡言少语、不苟言笑的男生。从小就喜欢一个人安静地坐在角落看书，而贝沐沐是那种唯恐天下不乱的混世魔王，第一次见到秦之行，她就把他的书撕了，强迫他跟着自己一起玩水枪。秦之行看着贝沐沐，有些生气，刚想发作，却看见她眼睛里打转的泪水，想想还是算了，笑着安慰贝沐沐。女生变脸变得也是快，用袖子擦掉泪水，一转眼又是一副唯恐天下不乱的样子。秦之行想气又气不起来，只好满足她的要求和她一起玩水枪。

后来才知道，这不过是贝沐沐众多把戏的其中之一。她除了用眼泪装可怜博取他人同情外，还会动不动就坐在地上"碰瓷"。

若是秦之行不肯满足她的要求，她便一屁股坐到地上，然后哭到大人来后诬陷秦之行将她推到。

贝沐沐就是秦之行童年里的噩梦，她带着他无恶不作，到最后就全赖他身上，然后自己甩甩袖子又跑去玩了。为此，他没少挨秦父的骂。

但秦父却格外喜欢贝沐沐，他觉得儿子和贝沐沐待在一起时开朗了不少。三天两头就带着他往她家跑。

贝沐沐像是哆啦A梦那样，总能变出一些好玩的东西。她带着秦之行爬树、拿鞭炮炸隔壁邻居家的狗、喂鸡吃鸡腿，无恶不作。贝沐沐话还很多，就算秦之行不讲话，她也能一个人自言自语大半天。

想到这些，秦之行嘴角微微上扬。

后来贝家举家迁至另一座城市后，他们也就没再来往。

"一晃两三年，匆匆又夏天。"

就当他们都快忘记彼此时，九月份的新生典礼上，他们又相遇了。

秦之行一开始还没认出贝沐沐，十年了，贝沐沐变了很多，她已不再如幼时那般聒噪了，相反，她变得成熟，剪了短发，躲在角落默不作声地看书，总是一个人落寞地行走在大学的校园里。秦之行每每看到这个孤独的背影，就会有些心疼。

与贝沐沐相认，是在摄影社里。那时贝沐沐正拿着相机乱拍，秦之行看着她像只好奇的小猫咪一样，到处走动，到处拍。等到社长说集合，要求大家自我介绍时，她才放下相机，不好意思地把手背到身后。

秦之行听到贝沐沐说出自己的名字时，惊了一下，一开始他以为只是同名，盯着她看了许久后才确信，这就是贝沐沐！她的五官还是如幼时那般精致，单凭那双水汪汪的大眼睛，他就可以确信那就是贝沐沐。

只是她真的已经变了太多。

她已不再是幼时那个微胖的爱流眼泪的小姑娘了，她现在变得高挑，棱角分明。无论怎么看，都是个美人。

贝沐沐好像发觉有人在看她，抬起头时撞上一记慌乱的眼神，她便像只受惊的小鹿，将眼睛垂下来，不再看他。

轮到秦之行自我介绍了，当他以一种抑扬顿挫的语调讲出自己名字后，看见贝沐沐也惊了一下。她抬起头看他，他也变了很多，不再给人一种寡言少语的距离感。他变高了，原来还是那个跟在自己屁股后边闯天下的小男生，现在已经比自己足足高出一个头了。

两人相视而笑，自然而然地忽略了其他人，仿佛世间万物皆静止在尘埃中，唯有彼此是可运动的。

摄影社活动结束后，两人并肩漫步在校园里植满香樟树的干道上，贝沐沐低着头，短发晃在太阳光下，灵动可爱。秦之行先开口，企图破除这尴尬的气氛，"沐沐，好久不见。我之前都没认出你来。"

"我也是啊。"

"你变了很多。"

"嗯。"

又是一阵沉默。

两人都在为破除尴尬找话题，可是却又都不知道在将近十年分别后的重逢之时，该对对方说些什么。

"你过得还好吗？"贝沐沐许久后憋出这么一句。

"嗯，挺好的。"

"那就好。"

又是沉默。

"我父亲挺想你的，时时念叨着你，说你活泼开朗，很喜欢你的性格。还说到了你父亲，说你父亲是他此生最好的兄弟。对了，伯父过得怎么样？"秦之行问贝沐沐。

"他……我父亲他……他已经去世了……"贝沐沐又低下头。

秦之行没有想到短短十年就已物是人非，可是，人生又有几个十年？

贝沐沐告诉秦之行，自己的父亲在五年前就已去世了。检查出来的时候已经是肝癌晚期，不久后便离开了人世，没有经历太多的折磨，也算是死前最后的幸运了。

贝沐沐讲这些的时候，一脸平静，像是在述说别人的故事那样。秦之行知道，她并不是冷血，而是已经把悲伤刻在骨子里了。

的确，她变了很多。他想，家庭的这些变故，大概也是她性格转变的一大原因吧。

这十年中，秦之行倒是过得风生水起。他变高了很多，还是如小时候一样英俊帅气，只不过小时候那种拒人于千里之外的气质已经淡了很多。他在高三的时候交了现在的女朋友，她叫颜蔓夕。

其实秦之行倒说不出自己对蔓夕有什么感觉，从未觉得她有什么吸引他的地方。她是漂亮，高挑的身材，精致的五官。然而却从未让他有过心动的感觉。

颜蔓夕是那种爱蹦跶的人，走路都是跳着走的，和她在一起时，秦之行觉得很放心，不会有压力，像是，照顾一个小妹妹那样。

高三时，颜蔓夕每天雷打不动地一封情书寄给秦之行，并且霸道地宣布所有权，她甚至扬言，她一定会拿下这个高冷的高三段草。

最初秦之行知道这件事时，只是笑笑，他并不认为自己会对她动心，事实上，的确没有。只是为什么自己会选择跟她在一起？

大概是因为那年的暮春，她抱着一个装着雏菊的玻璃容器，小心翼翼地呵护着怀里的东西。看到秦之行走来时，她忽然不好意思地笑了笑，然后把东西塞进秦之行怀里，就跑开了。

所行之处，皆有清香。

几天后，颜蔓夕跑来找秦之行，说："你拿了我的'定情信物'就要做我男朋友。"

秦之行没有理她，转身走开了。过了会儿，她小跑着追上来，气喘吁吁地说："那你说，你怎样才愿意做我男朋友？"

"怎样都不愿意。"秦之行大步往前走。

颜蔓夕没有再追上来，秦之行有些好奇，便转身看了眼，这才发现颜蔓夕不见了。他刚想继续走，余光却不经意间瞟到她坐在树荫下揉着脚踝，一脸痛苦的样子。秦之行有些不忍心，想想自己刚刚的话太过分了，的确很伤一个女孩的心。

　　于是他走过去，俯视着她，"别难受了。"

　　女孩顺着声音的方向抬头看了一眼，发现是秦之行后，莞尔一笑，"你回来找我了，说明你还是喜欢我的对不对？"

　　"只是怕你伤心欲绝，最后还要怪到我头上。"秦之行说，"既然你没事了，那我就先走了。"

　　"哎哎哎——等等，谁说我没事？我脚扭到了，走不动了。"

　　秦之行往她脚踝处一看，果然肿得很厉害。

　　"你背我。"颜蔓夕说。

　　秦之行无可奈何地耸耸肩，蹲了下来。颜蔓夕顺势搂住他的脖子，挂在了他的背上。

　　一路上，颜蔓夕晃着双腿，唱着歌。秦之行被她这种没心没肺的样子逗笑了。

　　夕阳下，男生额前的碎发被余晖洒得闪闪发亮，在暮春的黄昏中，他们穿过一棵棵香樟树，走向校园的另一头。

　　果然，第二天一早，校园内就传出各种八卦新闻，大意都是：秦之行已经被颜蔓夕拿下了。

　　这一次，秦之行也不知道自己怎么了，没有解释，只是笑笑。

　　他算是默认了吧。她这样想。

　　从这以后颜蔓夕就更猖狂了，招摇地跟着秦之行，无论他去哪，她都像只小尾巴那样跟着。秦之行也不再像以前那样寡言少语了，偶尔还会转过身来跟她开几句玩笑。

颜蔓夕是那种坐不住的女孩子，往往写几道题就自觉无趣将笔一甩，跑去玩去了。秦之行跟她认真谈过，这样下去高考她就完了。她也认真考虑过，秦之行的成绩很好，自己的成绩却总是晃在中游，要是再这么吊儿郎当下去以后肯定不能和秦之行进同一个大学，若和他分开，便会有其他女生乘虚而入。

颜蔓夕很聪明，本来没怎么听课也都能混个中游水平，现在认真起来更是势不可当，再加上她有秦之行这种大神的帮助，成绩很快就上去了不少。虽说和秦之行还是有一定的差距，但只要够努力一定能在高考到来前赶上他。

可颜蔓夕还是以1.5分的差距无缘A大。秦之行顺利进入A大，而她，去了离他一千公里之外的城市。她不可抑制地想哭泣，为什么自己那么努力了，还是差了1.5分，若是少错一个选择题，自己就能上A大了。吃散伙饭的时候，她喝了很多酒，最后迷迷糊糊记得自己倒在了他的怀里哭得歇斯底里。他没有说什么，只是平静地抚摸着她的后背让她冷静些。

九月份开学时，他们一同前往车站。他北上，她南下，两人就此背道而驰。他安慰她说："没事，现在交通很发达，没几个小时就到了，以后还是能经常见面的。"她点点头，安静地踏进了站台。

颜蔓夕攒了一个月的生活费，才攒到了一张前往A城的机票。

她轻叩秦之行公寓的门，开门的却是贝沐沐。贝沐沐像是刚睡醒，还穿着家居服，顶着乱糟糟的头发，不耐烦地揉着眼睛。打开门后看到一个陌生的面孔，她有些手足无措。颜蔓夕同样也被贝沐沐吓到了，两人就这样呆滞在门口。

"我叫颜蔓夕，秦之行的女朋友。"颜蔓夕先开口了。

"哦——他一早就出去了。我叫贝沐沐，他的朋友。哦对，你进来先吧。"贝沐沐自然而然地说。她还未想到自己这样很容易被误会。

颜蔓夕将装着雏菊的玻璃容器摆在窗台旁的纯白木柜上，自顾自地趴在窗台上看着窗外。她的眼眶红红的，湿答答的眼泪浸染了睫毛。原来，秦之行早已有了新欢，她这样想。

她用袖子擦了擦眼泪，转过身去打量了下贝沐沐，贝沐沐看样子和自己截然不同，文静的贴耳短发，巴掌大的脸蛋，细长的腿，一切都是安静美好的样子。而自己一看就知道是爱蹦跶的人。她不由自主地感到自卑，同时也羡慕着贝沐沐。可是，不知道为什么，颜蔓夕总觉得贝沐沐的安静是在压抑之下产生的，明明是截然不同的两个人，她却觉得贝沐沐像极了自己。

贝沐沐好像察觉到颜蔓夕的目光了，便抬起头来，撞到颜蔓夕的目光后，又不好意思地低头。

她看见颜蔓夕的脸颊还有着风干的泪迹，"你哭了？"贝沐沐问颜蔓夕。

"没，只不过早上起得太早现在有点犯困。"颜蔓夕强装微笑。

贝沐沐好像忽然间想到什么似的，对颜蔓夕说："那个……蔓夕，我……事情不是你想的这样……我们两家的父亲是很好的朋友，如今又在一所学校，他父亲叮嘱他一定要照顾好我，所以我才住……"贝沐沐讲得有些语无伦次，她说着说着声音就渐渐小了下来，头也低了下来。

"嗯，没事。之行和我说过了。"颜蔓夕撒了个谎。事实上，站台离别后，秦之行就再也没和自己联系过。颜蔓夕以为，他只是忙，可是等了好久，也没等到他的联系。她慌了，便跑来A城找秦之行，她向高中同学打听到了他的住处，一下飞机就跑来公寓找他，想给他一个惊喜，却没想到会看到贝沐沐。

她知道，秦之行不是那种因为父亲一句所谓的照顾就会把女孩子带回住处的人。若真是父命难违，他也会在附近另替女生租一所公寓，偶尔寒暄几句。只是这一次，他将贝沐沐带回一起住，就说明了两人关系不一般。

颜蔓夕不是那种爱无理取闹的女生，这一切在未经证实前都不过是自己的瞎想，况且她觉得贝沐沐挺有眼缘的，所以她还是强忍住内心的难受，挤出一点笑容和贝沐沐寒暄。

贝沐沐不太爱说话，往往都是颜蔓夕说了好几句，她才附和地"嗯"上一句，或是礼貌性地点头。颜蔓夕有种感觉，贝沐沐并不是不喜欢自己才这样的，而是她就是这种性格的人。

一个小时后，秦之行回来了。他推开门后看到白色沙发上坐着的两个女孩后有些惊讶。

"蔓夕，你怎么来了？"

"我正好放了几天假，所以就向别人问了你的地址来找你啦。"颜蔓夕蹦跳着跑去环住秦之行的胳膊。

秦之行扯开她的手，表情严肃，"别闹，沐沐还在呢！"

颜蔓夕尴尬地将手背到身后，咬着嘴唇不说话。

"那个……我先回房了，你们聊。"贝沐沐转身走回房。

客厅里只剩下秦之行和颜蔓夕。他们两人就保持着原来的站姿，也不说话，颜蔓夕低着头，咬着嘴唇，看上去可怜兮兮的。

"走吧。"秦之行说。

她跟在他后面出了家门。

一路上，颜蔓夕叽叽喳喳了很久，秦之行都不怎么说话。她终于忍不住了，问他："你难道没什么想对我说的吗？我那么大老远跑来找你哎！"

"哦，说什么？"

"说宝贝我好想你啊，你真是辛苦了呢，这么大老远跑过来。"

"哦。"

两人沉默了会儿。

"那你有什么要跟我解释的吗？"颜蔓夕问。

"解释什么？"男生依旧一副冰山脸。

"贝沐沐怎么会住在你这儿？"

秦之行没有说话。颜蔓夕的眼泪像决了堤般喷涌而出，她知道，他这算是默认了，她知道，他从未喜欢过自己。贝沐沐和他是青梅竹马，而自己又算什么？一个死皮赖脸的追求者？她和他与其说在一起了，还不如说是她一个人的独角戏。他从未承认过她是他的女朋友，只不过没有否认罢了，可是这又能代表什么呢？他们也算在一起一年多了吧，可他从未主动牵过她的手，更别说接吻、拥抱。他对自己永远是一副冷冰冰的样子，即使是在自己被他伤得片甲不留的时候。她真的累了。

"秦之行，告诉我，在你眼里我究竟算什么？你是不是从来没爱过我。"颜蔓夕冲他歇斯底里地喊道。

"蔓夕，你冷静点。"他的语气依旧平淡，没有一丝波澜。

她转身就走，他抓住她的手。她感受到了他掌心的温度，那种极其平淡却又能感受到一丝暖流的温度。她何其眷恋这种温度。她想起了17岁的夏天，她趴在他的背上时，他也是这种温度，平缓地传递给自己，以至于她一时间忘记了脚踝扭伤的疼痛。

可是啊，颜蔓夕，你醒醒。他根本不喜欢你，你又何必这样纠缠着他。他喜欢的是贝沐沐。他推开门看到贝沐沐时眼底的温柔你不是没看到，只不过很快又被他看到自己时的惊讶给冲淡了。他打着他父亲的名义照顾贝沐沐，实际上他却只是因为自己的喜欢。放手吧，颜蔓夕。你的放手，能给他自由。她这样想。

于是她挣脱开他的手，跑开了。秦之行没有再追上来，颜蔓夕知道，自己和秦之行之间，彻底结束了。

她无比怀念17岁那年的夏天。她因为想追上秦之行跟他告白而扭伤了脚，可是站在秦之行面前时，她还是强忍着痛，笑嘻嘻地跟他告白。结果被他拒绝后，又一个人一瘸一拐地蹦到树荫下揉脚。风起时，香樟树"哗哗"地响，像极了那个躁动不安的夏天。正当她疼得快挤出眼泪时，前面的阳光被一团阴影挡住。她抬起头，看见他站在自己的面前。那时她好开心，总觉得他肯为自己转身一定是喜欢上自己了。然后自己又第一次趴在他的肩上，被他背到医务室。那时候，她觉得自己上辈子一定拯救了地球，才会换来今生和秦之行的相遇。

颜蔓夕好想再扭伤一次脚，这样秦之行是不是就能够追上来抱住自己了？只是已经两年了，昨日无法重现。

此去经年，再无之行。

秦之行终究不会喜欢自己。也好，这也算是一种洒脱。颜蔓夕这样安慰自己。

秦之行回到家后，看见贝沐沐蹲在地上捡碎片。贝沐沐慌张着跟他道歉，并跟他解释，这盆雏菊是颜蔓夕带来送他的，被自己不小心砸碎了。

于是便有了开头那一幕。

秦之行又从垃圾桶里将碎片挑出来，装进了一个盒子里。然后把雏菊和装着碎片的盒子带回了自己房间。

贝沐沐隐隐约约感觉到秦之行和颜蔓夕是因为自己吵架的，于是她敲了敲秦之行的门。秦之行一脸疲惫地开了门。

"你和蔓夕吵架是不是因为我？"贝沐沐小心翼翼地试探道。

"和你没关系，你不必自责。"

"如果因为我的话，我可以明天就搬出去的。其实你不必担心秦伯伯那儿，我会和他解释清楚。蔓夕是个好女孩，你把她找回来吧。"

"说过了不是因为你，别多想。"

"哦——"贝沐沐低下头往回走。

夕阳时分，余晖透过百叶窗洒入秦之行的头发，他靠在窗台上，看着窗外的河流，自西向东而流。

秦之行站起身来，走向贝沐沐的卧室。他敲了敲贝沐沐卧室的门。门打开了，贝沐沐问他："有什么事吗？"

"带你出去吃饭。"

"哦。"

贝沐沐换了件白T恤，浅蓝色修身牛仔裤，配上一双adidas Stan smith，巧的是秦之行穿的也是白T恤，修身牛仔裤和adidas Stan smith，两人走在一起，像是一对情侣。他们看了看彼此身上的"情侣装"相视一笑。

"我们这样就更容易让人误会了。"贝沐沐说。

"是啊。要不我去换身？"

"算了，走吧。我不介意。"

"好。"

秦之行问贝沐沐想吃些什么，她说："就小吃吧。"于是两人来到了大学城附近的小吃街。贝沐沐停在一家卖瘦肉丸的摊子前，他们在里面找好座位，各要了一份。

秦之行想起了高三的那年夏天，颜蔓夕总是爱拉着自己在小吃街乱逛。她不爱吃饭，却爱吃那些杂七杂八的东西，最爱章鱼小丸子，别看颜蔓夕瘦，一次却能吃整整三份章鱼小丸子。

其实秦之行到现在还是搞不清楚自己对颜蔓夕的感情。倘若说一点感觉都没有，那肯定是假的，重点就在于他不知道自己对颜蔓夕的好感程度，不知道该用怎样的态度来对待这份感情。

或者说，是自己一直都没放下贝沐沐。

秦之行其实从小时候替贝沐沐背黑锅起就开始有点喜欢她了。她像个精灵一般，总是蹦来蹦去，小花样玩个不停。每次和她在一起时，他都要小心翼翼地提防着她，生怕自己一不注意就被她耍得团团转。

后来贝沐沐搬家后，他才知道自己有多喜欢她。她就这样一声不响地消失在他的童年里，却扰乱了他的心绪。这么多年里，他一直期待着和她的重逢。她离开后，他不知去了多少遍她曾经的那个家，却再也找不到一丝她的痕迹。

秦之行也曾拜托过父亲，可是贝父的手机号码也打不通了，他们一家都像从这个地球上消失了一样。

一晃就是十年，他从未想过，他们之间，还能重逢。那天贝沐沐在摄影社里介绍自己的时候，秦之行怀疑自己听错了。他怕这一切都不过是梦一场。听到贝沐沐平静地说出贝父去世的消息时，他心疼得紧。她以为自己已无坚不摧，可是他明明一眼就能看到她的软弱。

秦之行想起了往事，便问贝沐沐当初为什么不辞而别。贝沐沐正舀起一粒丸子试图把它吹凉，听到秦之行的问题，她愣了一下。

"那时候我爸爸做生意失败，欠了很多钱。追债人追到家里，把家里的东西都砸了个稀巴烂。爸爸带着妈妈和我去了别的城市。后来爸爸把钱还清了，却得了肝癌，再后来，爸爸就去世了。"贝沐沐说到这里，垂下了眼眸，把丸子送进了嘴里。秦之行看到贝沐沐的眼泪滴进了碗里。

两人一声不吭地吃完，然后起身离开。秦之行想起以前和颜蔓夕一起出去的时候，她总是有说不完的话。

"你好像变得寡言少语了很多？"他问贝沐沐。

"嗯，自从家里出了那样的事后，我就不怎么讲话了。不过也是因为这样，学习成绩好了不少。"她笑了笑。

"贝沐沐。"他忽然叫住她，"难道你还看不出来吗？"

"看不出来什么？"她被他问得一头雾水。

"我喜欢你。"

"可是蔓夕……"

"我从未对她动心过，从始至终，我喜欢的都是你。"他告诉贝沐沐，"你离开的时候，我流了很久的眼泪，几乎每天都会去你家找你，怕你回来了却见不到我。我也每天都会做曾经跟你一起做过的事，因为我怕时间久了，我就会忘记这些事，甚至忘记你。我央求我父亲给你父亲打电话，可是一直都打不通，我便每天都打，不停地打。打到那个号码停机，甚至变成空号后，我才知道，你已彻底消失在我的世界里。我说这些，你可能会觉得很可笑，是啊，就连我自己也觉得很可笑，怎么就在小时候喜欢上了一个人，然后便念念不忘呢？"

"我……"贝沐沐支支吾吾。其实，贝沐沐怎么可能会不喜欢秦之行。从小时候见到他的第一眼起，她就被他富有修养的举止打动了。

曾一度，贝沐沐觉得自己像是《傲慢与偏见》里的伊丽莎白，而秦之行是达西先生，他们本就是两个世界的人。

贝沐沐各种欺负秦之行也不过是想引起他的注意。的确，年少的她就是这么幼稚。

她一直努力地想让自己变得更好，好到可以配得上他。可是，她又觉得自己在与他的方向背道而驰。

可是如今，终于等到了他时，自己却和他越来越远了。父亲出事后，全家的压力都在她身上，她已经受到秦父够多的照顾了，她不能再恬不知耻地利用他人的同情。

"对……对不起……"贝沐沐落荒而逃。

经过今天，贝沐沐才发现，自己与秦之行早已是两个世界的人了。而自己，从来没有想过他有一天会属于自己。

后来几天贝沐沐都尽量把自己的作息与秦之行的错开，不想和他有再多的交集。也许在她心里，躲避就是最好的办法。

只是都住在同一套房子里，抬头不见低头见的，难免会尴尬。贝沐沐做了个决定：搬出秦之行的公寓。

秦之行在厨房煮咖啡，贝沐沐从房间探出头来，看到秦之行后走到他旁边，低着头，"我想跟你说件事。"

"嗯，你说。要来杯咖啡吗？现磨的，味道很棒。"

"不用了谢谢。那个，我想搬出去住。"

"去哪？"

"要么去学校宿舍，要么我自己再在外面找房子。"

"第一，学校的女生宿舍正在装修，你住不了。第二，现在租金很贵，你重新租一套要花不少钱，我这儿正好多了一间房，不住也浪费。"秦之行拿出两个咖啡杯将咖啡机里的咖啡倒入杯内，

"要加糖和奶吗？"

"我不喝咖啡。我老是这样打扰你也不好意思。"

"如果觉得不好意思你可以付我租金，关于这个话题，我们的讨论就此为止，我不想再听到你说要搬出去之类的话。"秦之行将两杯咖啡都加好奶和糖，将其中一杯递给贝沐沐，"试试看吧，不试一下怎么知道好不好？"

贝沐沐接过咖啡，轻啜了一口，很浓郁的香味，萦绕在舌尖，久久不肯散去，贝沐沐有些留恋这种味道，又啜了一口。"你的咖啡，挺好喝的。"

"咖啡就和人一样，要试了才知道。"秦之行暗示贝沐沐。

"我说的是咖啡，可不代表人也这样。"贝沐沐毫不畏惧。

"是不是这样时间久了你就知道了。"秦之行端着咖啡去了书房。

贝沐沐跟上前去，透过书房的透明门看到秦之行认真学习的样子，他穿着白衬衫，袖子卷起了一半，皱着眉翻书，不时还用钢笔做一点笔记。贝沐沐有些心动了，扭头就走强迫自己不去想他。

可能由于白天喝了咖啡的缘故，贝沐沐晚上翻来覆去睡不着，脑海里一直浮现着秦之行白天的话和他那认真的模样。

忽然间窗外电闪雷鸣，闪电的亮光透过窗帘闪进了贝沐沐的房间，她躲在被窝里，用被子捂着头，轻声哭泣。她害怕得发抖，泪水汗水同时沁出，她紧紧地拽着被角，祈祷这场灾难能快点结束。

贝沐沐隐约间听到敲门的声音，她哆嗦着跑去开门，是秦之行，她一开门，他便将她拥入怀里。安慰她："别怕，沐沐别怕，乖噢。没事的，很快就会过去的。"他捂住她的耳朵，尽自己最大的可能减小她听到的雷声音量。贝沐沐眼里泛着泪花，楚楚可怜地钻进他的怀里。

这么久了，她终算是感觉到他拥抱的温度了。他的胸膛很暖和，贝沐沐靠在上面，竟有种想靠一辈子的冲动，她再也不想离开他了。

隐约间，她听到他说："你小时候就特别怕打雷。还记得有一次我住在你家，我们睡同一间房，那天晚上打雷了，我被你的哭声吵醒，然后怎么安慰你都没用。后来只好把你送到你爸妈的房间，他们一开门，你就钻进了你爸爸的怀里。那时候，我就想，以后我也要像你爸爸一样，可以为你留下一个胸膛在你害怕的时候让你躲在里面。"

她在他怀里哭得泣不成声，眼泪浸湿了他的衣服，他取笑她，"你再哭，我们都要被淹死了。"

她破涕为笑。他总能有办法让自己笑。

后来实在太累了，贝沐沐就趴在秦之行的怀里睡着了。

醒来的时候，她弯曲在他的怀里，看着他熟睡的样子，她笑了。他睡得很深，显然昨天被自己折腾得很迟才睡。想到这儿，她有点不好意思，又觉得很幸福。

贝沐沐洗漱过后便跑到厨房去做早餐。她烤好吐司，煮了牛奶后，秦之行醒了。他走到餐厅，看到围着围裙的贝沐沐时显然被吓了一跳。

"早餐做好了，一起吃吧。"贝沐沐指了指餐桌上的食物对秦之行说。

"嗯好。"

经历了昨晚的事情后，两人亲密了不少。贝沐沐有时候觉得她和秦之行就像对小夫妻，多想这样和他一起地老天荒。

秦之行咬了一口吐司，熟悉的味道。他想起了高三那会儿颜蔓夕总是会给他带爱心便当，便当里多是吐司和煎蛋。他记得自己问过颜蔓夕为什么总是做这个，颜蔓夕头也不抬地说："这样以后你吃到吐司或煎蛋时，就能想起我啦。"的确，自己再次吃到吐司时，还是想起了她，那个只知道一味付出的女孩。

"我考虑过了，我同意你的看法。"贝沐沐忽然间无厘头地说出这么一句话。

"同意什么？"秦之行一头雾水。

"你昨天说的。"

的确，很多事情都是这样，不尝试一下怎么会知道好坏？

"周末回我爸家吧，他挺想你的。要是见到你，他肯定很开心。"

"嗯，好。"

周六下午，秦之行开了两个小时的车，才在天黑之前抵达S城，贝沐沐看着这座熟悉的城市，如同昨日重现一般，而自己也似乎一直生活在这里，从未离开。

"要先去你原来住的地方看看吗？"秦之行问她。

"不了，伯父还等着我们吃饭呢。"

车子抵达秦宅后，贝沐沐下了车。秦父还是老样子，看起来依然那么年轻。他看到贝沐沐，先是没认出来，以为只是儿子带了女朋友回来，便对秦之行说："你这小子，带女朋友回家也不先跟我们说说，现在什么都没准备，让人家姑娘家多见笑。"

秦之行憋住笑，"爸，这是沐沐啊！"

秦父仔细打量了下贝沐沐，这才认出她来，"沐沐！哎，都长这么大了，秦伯伯一时还没认出来。哈哈哈，秦伯伯好想你呦。都怪之行这小子，带你回来也不跟我们打声招呼。快进来，吃顿便饭。"

贝沐沐朝秦父礼貌地笑了笑，"秦伯伯，很久没见了，你还是一样年轻。"

"你这丫头，嘴真甜！"

饭桌上，秦父秦母不停地给贝沐沐夹着菜，笑着说她已经不再是当年那个小胖子了，现在是个又瘦又高的美女，还说什么肥水不流外人田，给他们当儿媳算了。说得贝沐沐很尴尬。

秦父在饭桌上不可避免地聊起了贝父，秦之行一个劲儿地给秦父使眼神，示意他不要再提了，只是秦父压根没注意到秦之行，一个劲儿地把关注点都放在了贝沐沐身上。

秦之行只好对父亲说："爸，我们今天别说这个话题好吗？"

"没事的，你不必在意我。"贝沐沐对秦之行说完后，又把眼神转向秦父，"我父亲，五年前就去世了。死于肝癌。"

秦父一怔，接着说了几句安慰贝沐沐的话，怕贝沐沐情绪失控，也就没再问下去了。

晚上，贝沐沐住秦之行的房间，秦之行睡客房，秦家觉得这样的安排很合理，毕竟，贝沐沐小时候也经常住在这儿。

贝沐沐认床，半夜睡不着，便爬起来从秦之行的书架里取出一本书看。翻着翻着，就从里面掉出一张纸条，她好奇，便拿起来看了眼，熟悉的字迹，上面写着：The world is too big or meet you, the world is too small or lost you.（这个世界这么大，我却遇见了你；这个世界这么小，可我却弄丢了你。）尾部写了三个字——致沐沐。她想起那天在小吃街他对她说过的话，这才确信他这几年真的一直在苦苦寻找自己。

手机发出了短信提示音，贝沐沐打开手机，是秦之行发来的短信：今夜月色很美，我在阳台等你。

贝沐沐小心翼翼地打开门，蹑手蹑脚地走向阳台，生怕吵醒秦父秦母。秦之行坐在阳台的秋千上，拿着手机玩，手机屏幕上散出的光照亮了他的侧脸，贝沐沐走上前，问他："你怎么就确信我没睡？万一我不出来，你难道一个人在这儿看一晚上的星星？"

"你房间灯亮着。"秦之行用手拍了拍身旁的空位，"你坐这儿。"

贝沐沐在他旁边坐了下来，他指着夜空，对她说："看星星。"

她抬头，看见夜空里繁星密布，星星们安分地点缀在这块黑幕布上，彼此间遥遥相望。

秦之行忽然间搂住她的肩，凑到在她耳旁，"所有星星的总和，都不及你眼眸里的波澜。"她眼若秋水，只要抬头一望他，他便溺死在这盏平静的湖里。

贝沐沐顿时脸红耳赤，低下头用头发遮住脸好让秦之行看不到她的窘态。

秦之行搂住她的肩，她试图推开他，却无奈他的力气太大，最后反而被他拥入怀里。她威胁他要是再这样她就要喊人了。秦之行邪魅一笑，"行啊，要是不怕被我爸妈知道的话。再说，我爸妈可是很喜欢你的，他们也会很支持我这样的。"

贝沐沐简直要被他逼疯了。

闲聊了几句后，贝沐沐终算是有了睡意，接着打了好几个哈欠。秦之行将她送回房间，两人互道晚安后便各自回房。

贝沐沐脑海里浮现着刚刚发生的一切，又觉得像是梦一场，她想着想着，就睡着了。

第二天一早，贝沐沐是被秦之行捏着鼻子叫醒的！睡梦中的贝沐沐忽然感到窒息，睁开眼一看，秦之行捏着自己的鼻子试图叫醒自己。早在他们小时候，他就不止一次用这种方式叫醒自己过，并且屡试不爽。

"你！你在干吗！"贝沐沐气急败坏地问他。

"我怕你睡死过去啊。担心你，所以才把你叫醒的。"

贝沐沐简直想从床上跳起来把他从楼上扔下去。

简单收拾好之后，她就和秦之行去餐厅吃饭了。两人推开房门时，正好看到秦母站在门外想叫贝沐沐出来吃早餐，秦母撞见两人从同一间房里出来后，尴尬一笑，然后便朝厨房走去了。

贝沐沐真是跳进黄河也洗不清了，她给了秦之行一拳，示意他赶紧解释清楚。秦之行却吊儿郎当，"我妈也没说什么啊，你怎么就知道她想歪了呢！"

贝沐沐生气不理他，他又讨好地说："好啦，我会和我妈解释清楚的。"

餐桌上秦母一直看着两人偷笑，贝沐沐解释："秦阿姨，我和之行不是你想的那样。我……就是……他早上来我房间叫我起床，所以就……"贝沐沐感觉自己越解释越乱。

"哈哈，沐沐别担心，阿姨没想多啦。刚刚之行跟我解释过了。"秦母讲完后又对秦父使出"我们什么都懂"的眼神。

吃过早餐后，秦之行带着贝沐沐到处闲逛。他们先去了秦之行以前的高中。

"之行，你怎么来了？"有个中年妇女朝他们走来。

"周老师！好久不见啊。我刚好回S城，就过来看看。"

"难得你怀旧啊。对了，蔓夕怎么没和你一起来。老师还等着喝你们俩的喜酒呢！"周老师八卦了一下，"蔓夕这姑娘挺可爱的，高三那会儿，追你可是追得轰轰烈烈，我们老师都把她叫去谈话好几次呢。不过啊后来还真给她追到了，你们的故事现在还在学校里流传呢！大家都说，谈恋爱就要向你们学习，还能提高成绩！"

周老师叽里呱啦说了一大堆，最后才注意到秦之行旁边的贝沐沐，然后尴尬地问秦之行："你女朋友啊？哎！怪老师多嘴！"

秦之行没说话，贝沐沐忙摆摆手，开口解释："不是不是，我是他妹妹。"

"那就好，不然我还以为我说了什么不该说的话。"周老师这才放松下来，"我还有事，就先走啦，你们慢慢逛啊。"

"周老师您慢走。"

"你和颜蔓夕以前……"贝沐沐问。

"你别想多了。"

两人行走在红白相间的跑道上，秦之行想起颜蔓夕以前总嚷嚷着自己腿粗然后拉着自己在晚自习下课后来操场跑步。其实那段时间自己压力很大，她只不过是想给自己找个解压的方式。两人跑完后大汗淋漓，回寝室冲个澡就什么事都没了。

偶尔遇上颜蔓夕生理期，她也会坚持着小跑，秦之行让她别跑了，她说不行，懈怠了一次就会有两次，要是你看我不跑你也不跑了怎么办啊。他总被她说得无言以对。

秦之行发现自己最近总是无缘无故就会想起颜蔓夕。好像最近对她的想念远远超出了之前一年的总和。

她是个很漂亮的姑娘没错，脾气也好，只是为什么自己以前就没发现她的可爱，只有回想起来才会不自觉地露出笑容。

贝沐沐看到秦之行嘴角微微上扬，露出不经意的笑容，她知道，他肯定有些美好的回忆，而这些回忆里的女主角，不是她。她不想打扰秦之行回忆美好，也就没说话。

他们走到了操场最里头的围墙，那是一块填满涂鸦的墙，之前被称为"告白墙"。秦之行走近，看上面的留言。无意间看到角落的一行字，好像是新写的，他觉得字迹有些熟悉，便仔细看了一下内容。上面写着：17岁那年，我坐在香樟树下，一个身影挡住了我的视线。我抬起头，原本离开的他竟然回来找我了。我从未期待过，可他真真实实出现了。19岁，我挣脱开他的手，他停滞不前，我们就这样被隔绝在我19岁的暮春。从此漂泊，再无之行。

秦之行认真地读完了上面的内容，他确定是颜蔓夕写的。颜蔓夕回来过。他不知道自己给她带来了这么大的伤害，他能想象她回来时绝望的样子，也能想象她一个人躲在香樟树下哭泣的样子。她真的很好，难过的事一个人消化，只有开心的事才会分享给他。她永远都在为他设身处地地想，也从没有过一句怨言。就连贝沐沐的忽然出现，她也因为怕他为难就选择自己离开。

贝沐沐看出来秦之行的异样，凑过来看了眼墙上的字。看完后她也呆住了，这段时间以来，她只体会到了自己的快乐，却忘记了颜蔓夕的痛苦。可是在爱情这件事上，又有谁对谁错呢？

其实贝沐沐也搞不清楚自己对秦之行的态度。这么多年了，秦之行早已变了，而自己对他的喜欢，好像也只停留在小时候。就连颜蔓夕敲开公寓的门告诉自己她是秦之行的女朋友时，贝沐沐也没有心痛的感觉。一切好像都是那么的平淡，而自己对秦之行的心动早已停滞在多年前离开的那个夏至。现在，她确信自己对秦之行早已没了心动。

"之行，要不你去找她吧。"贝沐沐问他。

秦之行没有说话，只是停在墙前，用双手抚摸着那两行字。许久，他才说："我已给了她太多的失望，如今她应该有了新的生活，我不该再去打搅她。"

他们各怀心事地行走在校园的道路上，最后秦之行停在了当年那棵香樟树下，他好像隐约能看见树荫底下藏着的人。

是颜蔓夕。

颜蔓夕从树荫里钻了出来，看到秦之行后显得很惊喜，但很快就看到了他身后的贝沐沐，原来他们两个真的在一起了。

"嗨! 沐沐。"颜蔓夕跟贝沐沐打招呼。

"你好,你怎么在这儿呢?"

"噢。我这几天正好回 S 城,就顺道来母校看看。"

颜蔓夕跟贝沐沐有一搭没一搭地聊着,假装没看到秦之行,她感觉到秦之行有偷偷看她,每次撞见他的眼神,她都匆忙地躲开。她不想再给自己希望。

贝沐沐发觉到两人的尴尬局面,为了让他们有个单独相处的空间,她谎称自己去洗手间。

"我陪你去吧,我怕你不识路。"颜蔓夕不想和秦之行单独相处,怕从他口中听到自己不想面对的事情。

"不用了,谢谢。我知道路哦。"贝沐沐说罢就跑开了。

秦之行和颜蔓夕两人并肩行走在这条昔日的林荫道上,仿佛昨日重现。

"你……过得还好吗?"许久,秦之行问她。

"嗯,你呢?"

"我挺好的。"

"蔓夕,我……"秦之行不知道该怎么扯话题了,头一次,面对颜蔓夕,他那么想说些什么却又不知道该说些什么。

"你不必跟我道歉,该道歉的人是我,明知道你不喜欢我却还是缠着你那么久。现在你找到了自己喜欢的人,我祝福你。"颜蔓夕怕听到秦之行的道歉,便抢着说。

秦之行不知道该怎么跟颜蔓夕解释自己现在的状况,也不知道怎么说她才能理解自己其实已经喜欢上了她,便不再说话,保持沉默。

"之行，我问你一个问题好吗？"

"嗯，你说。"

"你真的就没有喜欢过我吗？哪怕只有一点点。"颜蔓夕明明知道答案却不知道为什么还是想问清楚，她想，除非两人谈一谈把她心中的执念彻底解开，否则，她逃不出这个叫秦之行的笼。

"蔓夕，我喜欢过你。不，不能说是喜欢过，或者说，现在也喜欢你。我知道这样说很荒唐，其实我也有些搞不懂自己。蔓夕，对不起。"

颜蔓夕被秦之行说得一头雾水，完全没反应过来，不知道该怎么回答，索性就不说话。

两人就这样沉默着逛了一圈又一圈的校园，贝沐沐一直躲在角落里偷看他们，直到实在受不了这沉默的两人后，才决定回到他们中间。

"蔓夕啊，以前是不是有很多女孩子喜欢我们家之行啊。"贝沐沐特地把"我们家"这三个字咬得特别重。

"嗯，是啊。不过那时候之行总是拒人于千里之外的。"颜蔓夕垂下了眼眸，原来他们两个真的在一起了啊。

"这样啊。难怪……"贝沐沐欲言又止。

"难怪什么？"颜蔓夕和秦之行几乎是同时发声的。

"没什么啦。我刚刚在操场那个表白墙那里看到好多对之行的表白，有一句'从此漂泊，再无之行'的话真是太感人了。"贝沐沐故意这么说。

颜蔓夕低下了头，小秘密被人发现了却只能装作毫不知情。

"之行，我渴了，你去帮我们买瓶水吧。"贝沐沐指挥道。

"哦，好。"秦之行不知道贝沐沐葫芦里到底卖的什么药，但还是选择相信她。

颜蔓夕守着秦之行离去的背影，一直等到他消失在路的尽头，她才收回了视线。这样的场景，她经历了无数次。每次都是这样，总要贪心地将他的背影看个够，只是，以后再也没这样的机会了吧。他已经不再是她的了。

"蔓夕，别看了啊。你是不是还喜欢我们家之行啊？"

"没……没……没有啊。我可能只是习惯了。如果你介意的话我会尽量控制自己的。"颜蔓夕支支吾吾。

"噗——你想什么呢蔓夕。"贝沐沐被她的样子逗笑了，贝沐沐不打算再卖关子了，她已经看到了颜蔓夕的痛苦，她却还硬要在自己面前假装坚强。她决定告诉颜蔓夕事情的真相。

"蔓夕，我和之行之间真的没什么，刚才的话都是逗你的，瞧你紧张成什么样。好啦，告诉你吧。之行和我从小就是很好的朋友，那时候哪懂什么喜欢啊，充其量只是互相有好感罢了。后来我住进他的公寓，也纯粹是因为兄妹之间的照顾，我保证，我和他之间什么事都没有。而且啊，经过了这次事情，之行好像发现自己对你的喜欢了呢。"贝沐沐凑在颜蔓夕耳边说。

颜蔓夕想起来刚才秦之行对自己说过的话，好像忽然间明白了些什么。

秦之行提着水回到她们之间，他给贝沐沐和自己买的都是矿泉水，却独独递给了颜蔓夕一瓶酸奶。

"你还记得啊。"颜蔓夕问他。

"嗯，你说过的，你不喜欢喝饮料和矿泉水。"

她忽然很感动，原来，他一直都有把自己放在心里，就连自己曾经无意间说的一句话，他也都记得。

时间不早了，三人在校门口分别。颜蔓夕回家的路上感觉脚步异常轻快。

此时已是初夏，虽不及夏至般炎热，却也总还能在空气中寻到一丝丝闷热，只是微风拂过，那丝闷热也就被风吹散，空留清凉。

秦之行发现贝沐沐好像也一点点变了，尤其是今天，她简直就回到了小时候那样，调皮可爱。看来此行，使贝沐沐开朗了不少。

"沐沐，今天谢谢你啊。"

"哼，竟然不给我买酸奶！这仇我记住了。"

"走啦，买酸奶去。"

"暮春已度，夏至未至。我还在。"秦之行想了很久，编辑了这么一条短信发送给了颜蔓夕。

颜蔓夕收到短信后激动了很久，原来，他们并未被隔绝在她19 岁的暮春。

"那我的 19 岁你怎么赔？"她问他。

"用我余生慢慢奉陪。"

"是'赔'不是'陪'啦。"颜蔓夕纠正他。

"那我就只好用'陪'来'赔'你喽。"

那天晚上，两人发了很久的短信，像是要补回他们曾经那些来不及说的话。

"那做我女朋友好吗？"他问。

"不好。"

"为什么？"

"我以前可是追了你很久，现在这么容易就被你追到我岂不是很亏。"她总是有理。

"好，这次换我来追你。"

秦之行第二天起了个大早，围着围裙就在厨房里瞎捣鼓。秦家上下都被他吵醒了，秦母问他："之行，你在干什么啊？"

"做早餐。"

"你是简直要把我的厨房给烧了啊。你想吃什么，妈给你做。"

"妈，还是你教我吧。我想烤吐司和煎鸡蛋。"

秦母看着儿子这番好学的模样很是欣慰，便将自己多年来的经验都传授给了秦之行。秦之行在失败了五次之后，终于做出了一份像样的了。

就当秦母以为儿子要把食物孝敬自己时，却看见秦之行将东西打包好准备出门。

"这小子，肯定是去见女朋友。"秦母嚷嚷道。

秦之行假装没听见，笑着走了。

秦之行的车子停在了颜蔓夕家的小区楼下，透过车窗，他看见颜蔓夕拿着一袋垃圾一瘸一拐地走下楼，他赶紧从车里出来叫住她："你怎么了？"

"你怎么在这儿？哦……昨天回家扭到了。"

"那还到处乱走。真是笨。"秦之行走到她前面，蹲下身子让她上来，他将她背到车里，"早餐吃了没？"

"还没，准备待会儿回去做呢。"

"那别做了。"

"啊？"她正在思考这句话是什么意思时，秦之行丢了一个便当盒过来。

"早上做多了，丢了可惜，就给你拿来了。"他"解释"道。

颜蔓夕打开便当盒，看见了熟悉的东西后，忽然哭了出来。这是她高三那会儿给秦之行做的爱心早餐，她还记得他问她为什么每次都是煎蛋吐司时，自己对他说这样以后他吃到这两样东西，就能想起自己。其实她不好意思告诉他，自己只会做这个。她想起了自己曾经的执着，明明知道这只是飞蛾扑火，却还是不顾一切地往前冲。而如今，他们终于重逢在初夏的清晨。

"之行，谢谢你。"

"该怎么谢呢？"

"啊？"

"要不就以身相许吧，哈哈。"

颜蔓夕一愣，她没想到秦之行会说出这样的话，记忆中的秦之行，一直不苟言笑，很少开玩笑。他真的变了很多。

"嗯，好。"她认真地回答。

回 A 城后，贝沐沐搬出了秦之行的公寓，她给出的理由是：嫂子会吃醋。秦之行无可奈何地笑笑，不置可否。

其实贝沐沐偷偷溜进过秦之行房间一次，那瓶被自己打碎的玻璃容器已被秦之行粘好了，摆在他的床头柜上，里面插着那天颜蔓夕带来的雏菊。雏菊被他呵护得很好，还散发着淡淡的清香。那一刻，贝沐沐就明白了一切。所以，她决定搬出公寓，不打扰他的生活。

颜蔓夕在他们重新开始之后几乎一有空就往 A 城跑，贝沐沐打趣她看来是做好准备要做秦之行的保姆了。颜蔓夕把嘴一撇，开玩笑地说："谁当保姆还不一定呢！"

秦之行现在可算明白了什么叫女友难哄，但与此同时，他又心甘情愿地被颜蔓夕欺压。

此时，暮春已度，夏至未至。秦之行和颜蔓夕手拉手走在 A 城布满香樟树的小道上，离别时，她说："我没想到，我们还能重新拥抱到对方。"

他说："我也没想到。"

可是他们，还是在彼此 19 岁那年夏天，找回了曾经逝去的青春。

因风飞过蔷薇

我的纸飞机飞过你跟前

恰好是雨季，接连下了一周的雨后，停了。

叶筱薇在教室里的位子靠窗，恰好能看到树海的那种。风一吹，叶子"沙沙"地响着，像极了这个躁动不安的夏天。

叶筱薇将脑袋垂在手上发呆，用笔在草稿本上写下"宋季风"这个名字，又心虚地涂掉。旁边的女生拿笔敲了敲她的头，"喂，都快考试了，还发呆？"叶筱薇揉了揉头，没理她。女生叹了口气，便转回去写作业了。

树海间忽然闪过一个人影，叶筱薇透过缝隙，一眼就认出了那个穿着干净校服的少年——宋季风。她匆忙撕下一页纸，叠成纸飞机后放飞下去，纸飞机穿过树叶的缝隙，准确无误地停在宋季风跟前。

宋季风蹲下身子，捡起那架纸飞机，抬头看到三楼窗户旁鬼鬼祟祟的叶筱薇，温润一笑。叶筱薇发现自己暴露了，迅速将头缩回教室，趴在桌上。

两天后，叶筱薇在操场上散步，百无聊赖地拿着刚叠的纸飞机乱飞，她蹲下身，刚想捡起地上的纸飞机，却被一双指节分明的手抢了先。她疑惑地抬起头，看见那个穿着干净校服的少年握着纸飞机，似笑非笑地看着她，"同学，你是有多喜欢纸飞机啊？"

叶筱薇不由一怔，是宋季风啊。少年眯着眼，似乎在等她解释，她紧张地用手指抠着掌心，支支吾吾说不出话来。宋季风好笑地拍了拍她的肩膀，"好啦，我开玩笑的。走，请你喝酸奶。"说着，便拉她往超市走。

叶筱薇看着他走在前面的背影发呆，心想：宋季风，那么久了，我们总算是有交集了。

我只是想看你而已

最初认识宋季风，是在学考的动员大会上。不，准确来说，这不是相识，而是叶筱薇单方面的认识。主席台上校领导反复强调学考的重要性，呼吁同学们好好学习奋战学考。她听得耳朵疼，便谋划着逃跑，转身寻找最佳路线。

宋季风正是这时出现的，他一个人安静地坐在最后排，手里拿着包西柚味的咀嚼片，叶筱薇路过他旁边时，西柚味填满了她的呼吸。她退回了座位，指了指他问旁边的女生："他是谁？"旁边女生小声告诉她，他叫宋季风，高二段草。

叶筱薇不再打算逃跑了，她假装与后座女生闲聊，实则偷偷看他。他真好看啊，干净的校服领，白皙的皮肤，棱角分明的脸，修长的腿，一切都是她喜欢的样子。

宋季风，名字也好听。

地理课上，地理老师讲起季风与洋流，叶筱薇不自觉走了神，季风，季风，宋季风……

走神者的思绪通常都是很难拉回来的，叶筱薇幻想到自己与宋季风在一起的画面时，下课铃毫不留情地响了。她懊恼地拍了拍头，哎，又走神了……拿着水杯往外走，打算去洗手间倒杯水清醒清醒，没想到刚出教室便在隔壁班的阳台上看到了宋季风。

他微微侧身，靠在栏杆上，冷静地看着远方，叶筱薇盯着他的侧脸足足看了十秒，才心满意足地离开。她想，才不要认识他，那样就不能光明正大偷看他了。还有，原来，宋季风在隔壁班。

你就像冰淇淋，总能让我情不自禁

可是恰恰就是因为一墙之隔，她便无法触摸到他的温度。

叶筱薇不知道这样无交集的日子该持续多久，她处心积虑地幻想过无数次他们之间真正相识的画面，然而她从未想到的是，她与宋季风竟仅仅凭着一架纸飞机有了联系。

她真是把自己平生所有的心机都使在了宋季风身上了，骗宋季风她不认识车站的路，请宋季风带她去，宋季风疑惑地看着她，然后像下了很大的决心那样，迟疑地点了点头。

放学后，她拉着他的衣角，生怕这拥挤的人群把他们俩挤开，脱离了校门口的拥堵地段后，他转身看了眼她紧攥着自己一角的手，哭笑不得地说："筱薇，你是多怕我把你丢下啊。"她尴尬地松开手，不等她开口，他便凑到她耳边，小声说："不过，我觉得很安心，这样就不用害怕把你弄丢了。"她低着头，攥着自己的衣角，手心沁出一片氤氲，紧张得一句话也说不出。

叶筱薇像个被训话的小孩子，低着头站在原地一动不动，她想了很久，抬起头后却发现宋季风不见了。

叶筱薇忽然很难过，其实，他早就想摆脱自己了吧。当时为什么要提出来让他答应呢？他应该是心里不想带自己走却又不好意思拒绝吧。难道别的女孩子这样提出来宋季风也不会拒绝吗？她失落地走着。也是，明明不应该有交集的两个人，又何必强求呢？毕竟他是宋季风啊，有那么多女孩子喜欢的宋季风，怎么可能就偏偏被自己征服呢？

她踢着石子往车站路上走，快走到的时候听见后面有人叫她的名字，转过头，发现是拿着两盒酸奶的宋季风。

宋季风把其中的一盒递给她，"给你，刚去给你买酸奶了，回来的时候发现你已经不在了。还担心你一个女孩子不识路不安全，怎么找也找不到你。哦对，你怎么过来的啊？"

叶筱薇发现自己露馅了，就胡诌了个理由，"我向别人问的。"

所幸宋季风一根筋，也没深究。

车站对面站台有宋季风回家的车，而她要穿过马路到车站里面才有车。她向宋季风摆摆手，"就送到这儿吧，我过个马路就到了。"他点头，"那我就在这儿看着你过马路。"她攥着他给的酸奶，想起他找不到自己时慌张的模样，一时失了神。此时路那头的车朝着她飞驰而来，她被吓得呆住了，也不知道逃走，索性闭上了眼。就当她以为自己必死无疑时，身后一双有力的大手拽住她，硬生生把她拉到路旁的安全地带。

是宋季风。他紧张地看着她，指甲紧紧地掐进她的皮肤。她吃痛地叫了一声，他这才反应到自己弄疼她了，连忙松开手，跟她赔礼道歉。

宋季风看到叶筱薇白嫩手臂上被掐出的几个指甲印，心疼得厉害。两人就这样面对着面静止了很久，才从刚才的惊魂中缓过来。他宠溺地责怪她这么大个人了怎么连马路还不会过，她不服气跟他顶嘴，"还不是这里没设红绿灯，不然我早就安全到了，况且那辆车开得那么快，哪有人反射弧那么短？"他笑她总有理由，宠溺地摸了摸她的头，"我送你过马路。"

宋季风一把拉住叶筱薇的手，她偷笑，宋季风啊宋季风，我们还是有交集了。他们正打算过马路，却不知从哪蹿出一个男生，穿着和他们一样的校服，脖子上挂着拍立得。"当当当——季风你看，你们两个多般配啊。"

男生手里举着张照片。宋季风一把从男生手里夺过照片，叶筱薇凑近看了眼，照片上宋季风皱着眉头，俯视旁边的自己，像是在指责自己，自己则低着头一言不发，委屈得像只受惊的小鹿。

宋季风假装生气，"许苏阳，别乱开玩笑。筱薇还在这儿呢。"

许苏阳则在一旁瞎起哄："哟——什么时候得手的妹子啊，还蛮漂亮的。这还没怎么样呢，就这样护着人家啊。"

宋季风带玩笑性质地给了许苏阳一拳，"照片我收下了，不跟你闹了，我还要送筱薇回家。"说完就拉着她的手走了。

分别时，宋季风把那张照片送给了叶筱薇。她把它夹在自己最喜欢的一本书里当书签，没事就拿出来看看。

送伞的是我，挡雨的是你

五月初的天气让人捉摸不透。叶筱薇从寝室出来了时候，原本晴朗的天空渐渐变得阴暗起来。

男女生寝室挨在一起，她刚出寝室就看见刚打完篮球的宋季风，他抱着篮球，后背沁满了汗，校服黏着汗贴在他后背。宋季风看到她，朝她笑了一下。她心里的小蔷薇绽开了苞。

乌云从角落侵蚀天空，扩张着自己的领土，很快，整片天空变得乌云密布。

叶筱薇到教室，刚坐下，窗外的雨就势不可当地下了起来，大雨滂沱，像是上帝从天堂倒下的洗澡水。

她紧张地看着教室外的走廊，人群涌过，只是她没有看到宋季风。她一边盼望着宋季风快出现，一边又担心他会和那些回来的人一样淋成落汤鸡。

许苏阳就是这个时候来她班找她的。他看到叶筱薇往外张望的样子时就明白了一切。

许苏阳问她："你是不是在担心宋季风？"

她口是心非，"谁担心他呀，我是好奇雨到底下得有多大。"

"你座位旁边不就是窗户吗？何必张望走廊这边的？你旁边的

窗户不是看得更仔细？"

叶筱薇被许苏阳讲得无话可说，便咬着嘴唇不说话。

许苏阳被她这副样子逗笑了，"叶筱薇，季风有没有告诉过你你长得很像一个人？"

"谁？"

"得，怪我多嘴。"

两人陷入沉默。过了很久，许苏阳说："算了算了，看你担心成什么样。我还是当次好心人。季风刚刚发短信来说自己被困在寝室，让我给他送把伞。这不刚刚老师喊我去帮她改作业嘛，实在抽不开空。要不，你帮我去给他送伞？"

叶筱薇咬咬嘴唇。

许苏阳刚走没多久，叶筱薇跑回座位拎起同桌的那把大伞就往外跑。同桌喊住她，"喂，筱薇，雨下那么大，你去哪呢？"她边跑边回应，"送伞。"

宋季风站在寝室楼下等许苏阳，看见浑身湿透的叶筱薇举着伞站在他面前，不由一惊。她拨开湿漉漉的头发，露出脸蛋，朝着宋季风笑。

"许苏阳临时有事，就让我来给你送伞了。"

宋季风看见她浑身湿透，皱了皱眉，便拿起校服外套给她披上。他撑起伞，将她拥入怀里。

他们到教室时还是不可避免地湿了身。宋季风嘱咐叶筱薇先披着他的校服，不然会感冒。她点点头，刚想转身，却被宋季风拉住。他看着她的眼睛，她觉得很不自在。宋季风说："叶筱薇，我们在一起吧。"

她怀疑自己听错了，心里却在窃喜。但她还是故作矜持地说"考虑一下"后落荒而逃。

所以他真的喜欢上自己了？所以一切都不会是暗恋了？所以他们之间真真正正有了交集？

雨季走了，可我的世界却下起了雨

雨季走了。

自那个雨天后，宋季风整整两个星期没来找过叶筱薇。

她想，是不是自己做错了什么。或者是那次自己说的"考虑一下"被宋季风听成了拒绝。可是，这样的结果就是他所谓的想在一起吗？

她实在受够了这样的日子，跑到隔壁班去找宋季风。宋季风不在教室，许苏阳告诉她，他已经两个星期没来学校了。

"宋季风出什么事了？"她问他。

许苏阳摇了摇头，说自己也不知道。

可是她总有感觉，许苏阳在替宋季风隐瞒着些什么。她再三逼问他，他才松了口，"筱薇，我不告诉你是为你好，也是为季风好。"

所以，这自始至终都是一场骗局对吗？这就像是一场电影，她表演得那么卖力，可是在他的世界里却始终只是可有可无的路人甲。

而她，在他的心中究竟算什么？

雨季走了，可她的世界里却下起了名为"宋季风"的雨。

原来她才是你的生活背景

宋季风是在一个星期后出现的。

他回学校的那天，穿着件白衬衫，逆着阳光走进校门时，叶筱薇慌了。因为他的身后，跟着位穿着白裙子的女孩。他们俩站在阳光底下，显得如此般配。的确，他们俩才是同一类人，就像是夜空中会发光的星星。

她叫木昕冉。

他们之间错过的那三个星期，仅仅只是因为木昕冉的重新出现。

宋季风花了整整一年的时间去接受木昕冉不辞而别的事实。在看到叶筱薇的那一刻起，他就决定无论未来如何，他再也不会为木昕冉而兵荒马乱了。

只是，这一次，木昕冉回来了。

一年前她不辞而别，就像人间蒸发那样。宋季风找遍了整座城市，仍没能找到她的痕迹。

木昕冉是宋季风的前女友。她骄纵、任性，宋季风却对她十分宠溺。她简单的一句话就可以让他对除了她之外的全部事情不管不顾。

是啊，宋季风本来就是个好男人，更何况是对木昕冉。

所以他们之间，是真的结束了吧。又或许根本没有开始过，何来结束。

至于宋季风，以后就藏在心里吧，从今往后，他就只能是自己青春里最苦涩的秘密了。

叶筱薇从书中抽出照片，照片里的宋季风、清爽的宋季风、穿着干净校服的宋季风、为了救自己不顾一切的宋季风、宠溺地看着自己的宋季风，还有好多好多不同样子的宋季风，从今往后都蒸发消失不见了。而他，再也不可能属于自己了。想到这儿，她就不可抑制地想流泪。

她狠狠心，极为不舍地撕掉了那张照片，将碎片揉成一团丢进废纸篓里。可过不了多久，她还是像疯了一样不争气地从废纸篓里将碎片捡了出来，然后拼了起来。只是，照片中主角早已面目全非。

宋季风，我的生活背景。我们，就此别过。

从前的日色变得慢

其实叶筱薇很早之前就见过木昕冉。

她与宋季风一起去车站的那天，宋季风突然撇下她。其实那天，她在转角处找到了宋季风，只是当时宋季风背对着她和一个身材高挑的漂亮女孩在讲话，她也就没上前去叫他，转身就走。

所以，才会有后来的思绪恍惚，接着差点被车撞。

当时她以为那是宋季风他们班的女生，他们表情严肃，好像在谈论什么正事，她也就没多想，转身就走。只是她没想到，那个女生就是木昕冉。

可能自己是从那天开始就输了的吧。也是，木昕冉都回来了，自己又何必赖在宋季风身边不走呢？

叶筱薇决定躲着宋季风。不提，不见，不想，应该也就不会那么喜欢了吧。她刻意把自己的作息调整了一下，以便错开与他的相遇。

然而毕竟是在同所学校，又是隔壁班，总会遇到的。

她刻意在放学的半小时后才拉着同桌去食堂吃饭。然而即使是这样，在看到宋季风和许苏阳从食堂出来往她们所在的这条路走来时，她才知道有些事情注定躲不过。不过她还是拉着同桌往回跑，跑向另一条通往食堂的路。她企图错开与他的相遇，她看见他刚才抬头看了眼自己，心跳便漏掉了半个节拍。

她和同桌走出另一条路时，无意间抬起头，发现他却站在她的跟前。宋季风好像又长高了，叶筱薇仰视着他，忽然发觉他背对着阳光站在自己面前时周围泛起了一层光晕。她把所有的美好都寄托在他身上，那么久了，他一直都是自己的信仰。她一直以为他们之间可以慢慢地走下去，却忘记了纵使是日月星辰也会有湮灭的那天，就像磐石可转移，夏季的台风转了又回，蔷薇花开了又谢，世间万物没有什么是可以永恒的。

宋季风看着她，沉默了许久，然后开口，"叶筱薇，为什么躲着我？"

她咬着嘴唇，低着头不敢看他，支支吾吾地说："我没有躲着你啊。最近有点忙，所以……所以可能都没怎么见到你。"

"你说谎的时候都会咬嘴唇。"

叶筱薇被宋季风说中后尴尬得不知该说什么。

"那刚才看到我为什么要绕道？"宋季风穷追不舍。

"我……我和朋友突然想起来有点事情。"其实叶筱薇也不知道自己在说些什么。她只是希望宋季风不要再逼问下去，她不想与他再有什么交集。

"我……"

还没等宋季风说完叶筱薇便打断他，"我饿了，有事下次再说吧。"说着，她拉起身旁的女生就走。

她知道宋季风无非是想说些"对不起"之类的话。可是她根本不想听，因为这样，就意味着自己和他彻底结束了。

她知道宋季风已经放弃自己了，从见到木昕冉的那一刻起，她就知道这场游戏里自己注定是失败者。

关于木昕冉，在这之前叶筱薇其实不止见过一次。

宋季风消失的前一天，叶筱薇在转角处看见宋季风和木昕冉。木昕冉激动地在与宋季风说些什么，宋季风只是冷漠地看着她。她似乎在跟他解释些什么，他却转身离开不再听她解释。他转身离开时，木昕冉歇斯底里地喊了句什么话，然后叶筱薇看见宋季风停下脚步，转身将她拥入怀里。他们紧紧拥抱在一起，好像除了对方外世界的其他事物都只是配角。

我退出你的世界

初夏，蝉鸣响彻整个校园。世界由寂静变得聒噪起来，与此同时，躁动不安的，还有青春期里敏感的心。

叶筱薇知道自己该做的就是尽自己最大的可能去忘掉宋季风。他们之间，本来就只是一场笑话。

教室里的老风扇旋转的时候带着"吱吱"的尾音，像是为燥热的夏日拉长节拍。叶筱薇不由觉得烦躁，甩下课本往外走。

宋季风出现在他们班的走廊上，他和木昕冉在过道上谈笑风生，甚至没注意到两人并肩交流时占满了整个过道。

叶筱薇走到他们面前，压抑住自己内心所有多余的情绪，以一种没有一丝波澜的声音说"让一下"。宋季风与木昕冉分开，她从他们之间穿过，却像隔了一整条银河。有那么一刻，她觉得自己的眉眼像极了木昕冉。她刻意没有去看宋季风，路过他的时候就像路过一个陌生人那样。

宋季风也没有叫住她。她想，她彻底退出了他的世界。她看着他转身，然后离自己越来越远。

"宋季风，谢谢你赠我的空欢喜一场，使我本该落魄而又荒唐的青春，就此填满西柚味的清香。"叶筱薇在日记本上写下这段话的时候，眼泪还是不争气地流了下来。她合上日记本，闭上眼睛趴在桌子上，沉沉地睡去了。

我以为是你不辞而别

叶筱薇再次醒来，是在十分钟后。同桌推了推她的手臂，示意门口有人找她。她迷迷糊糊地走到门口，看到宋季风站在那儿等她。

宋季风站在原地足足看了她十秒钟，她问："有什么事吗？"语气里尽是自己刻意表演出的生疏。

他还是一言不发地看着她，然而这种眼神却足以使她崩溃。她怕再这样下去自己会沦陷，于是装作若无其事地说："没事的话我就先回去了。"说完转身就要走。

他突然一把抓住她的手臂，说了句，"跟我走。"不由分说地拉着她就往外走。

宋季风将叶筱薇拉到那片树海，在那儿，他第一次捡到她从窗台丢下的纸飞机。因为还有十几分钟晚自习就要开始了，所以此时这里并没有什么人，再加上树叶觥筹交错的遮掩，这儿寂静无声，仿佛是片无人区。

他一步步向她逼近，她却小心翼翼地让自己与他保持距离。

"为什么躲我？"

"我没有。"

"叶筱薇，我不知道我究竟做错了什么，但我能感觉到你这段时间对我的冷漠。是因为昕冉吗？我和她……"

叶筱薇打断他的话，她不想听他解释，因为她知道，一旦他说出"对不起"那三个字后，他们之间就真的结束了。虽然这段时间里她一直反复告诉自己他们已经结束了，可是心里却还是抱着一丝希望。

她闭上眼，然后鼓起勇气说："宋季风，我不想听你的解释，我想告诉你，我喜欢你。从很久以前就喜欢你，我幻想过无数次与你相识的场景，就连纸飞机，也是我的精心设计。车站的路我会走，我只不过想与你能有些交集。我与你的合影被我夹在书里，没事就翻出来看。那次我们一起淋过的雨是我青春里最宝贵的记忆。我所做的一切，不过是为了引起你的注意。我承认我喜欢你，就像喜欢了一个世纪。我知道你喜欢木昕冉，也知道我从一开始就只是她的替代品。我不会再纠缠你了，但是我求求你，以后不要再来找我，不要再给我希望，我真的累了。"

其实，她的爱他都懂。其实，穿过树叶的缝隙看到她的第一眼时他就喜欢上了她。其实，那天他们一起去车站时许苏阳还拍了另一张照片：他不顾一切冲入车流将她拽回安全地带。只不过那张照片他没给她，一直贴在自己的床头，每每看到她受惊的样子，他的心都疼得厉害。只是他不明白，她怎么会误解自己还喜欢木昕冉？

宋季风听得一头雾水，"你……我想你是误会了。我以为你是因为那次我提出在一起的事情而躲着我的，没想到……叶筱薇，现在我可以很认真地告诉你，一直以来，我喜欢的人是你。至于木昕冉，过去的都已经过去了，现在我和她只是朋友关系，或者说，更多的时候我像个哥哥一样照顾她。"

那天，宋季风对叶筱薇说了很多关于他和木昕冉的故事。她是他的前女友，一年前她告诉宋季风分手后便不辞而别，他用了整整一年的时间忘记她，遇见叶筱薇后，宋季风就更加确信自己喜欢的是叶筱薇。只是几周前木昕冉又重新出现在他的世界里。宋季风想过和她划清界限，然而她告诉他她得了抑郁症后，他还是转身抱紧她了。

叶筱薇知道，于宋季风来说，那个拥抱已没了当初的心动，这不过是他对过去的告别，对那个曾经自己喜欢过的女孩的安慰。

原来他们之间，从未错过。

初夏的香樟树中透着些许蝉声，气流里颠簸着青春苦涩的甜蜜，宋季风眯着眼和叶筱薇漫步在树海中。女孩终于笑了，她知道，于她来说，雨季已经彻底结束了。

百啭无人能解，因风飞过蔷薇。

夏末的雪

　　我来到这座城市的时候，它已接近冬季的尾声。码头的空气中粘着阵阵鱼腥味，以及江水里藏匿着的膻味，都让人觉得有种别样的亲切感。我坐在澎湃着江水的决堤上，看着拂晓渐渐吞噬昏暗的凌晨。长堤的另一端，偌大的货轮缓缓从江际驶来，发出隆隆的呜咽声。

　　那时的江，远不如如今的这般咸涩，它只是平和地流动着，在众人的注视下缓缓掀起波澜，而后又由后浪将它推翻，覆灭在堤坝上，无声无息，丝毫也不矫揉造作。

　　是的，我喜欢那时的江。其中的很大一部分原因是陪我看江水的人是他。

　　你好，宋泽皓。

　　我想，如果你能看到这篇文章，这篇专门为了你而写的文章，你一定会过来找我，然后将我拥入怀中。

"江边小渔村独有的特色便是空气里附赘的鱼腥。"我还记得你初次把我带到这里时说的话。你说，这不是普通的味道，这是渔民应得的回馈，这是幸福的味道。我笑了，宋泽皓，也许这个世界上能把这种令人作呕的味道说得那么高尚的人也就只有你了。

要知道，后来我把你说的话告诉我的朋友们，他们都一脸看白痴的样子看着我。笑我疯了吧，怎么会有这种奇怪的想法。我笑了笑，也不向他们解释这个奇怪的想法其实源于你。

你带我去小渔村吃饭，一边豪气地把菜单递给我让我随便点，一边又笑我，"姑娘，吃那么多肉容易长胖。"

我白了你一眼，不满地说："你们男人就是口是心非，嘴上说着随便点，却又心疼钱让我少吃点。"

你一脸好笑地看着我，无奈地说："我是让你多吃点鱼，别光只知道吃肉。"

我尴尬地低下头不再说话。

菜上齐了，我很自觉地伸出筷子把所有的菜品尝了个遍，一副主人家的样子点评起菜来。排骨炸得有点老，鲳鱼的肉质还算鲜美，鲫鱼汤很香浓，口感很好……我讲完后见你没反应，便抬起头看你，你还没动筷，一直看着我吃。我有些不好意思，低着头也不说话，就一直往碗里夹菜，气氛变得尴尬起来。

过了好久，你终于说话了。你说："夏末，你这么不淑女怎么会有这么文艺的名字？"

我嘴里的排骨还没咽下去，腮帮子鼓得满满的，含糊不清地应你："我爸妈给我取的，我怎么知道。他们当时也没料到我会是这种大大咧咧的模样。"

你被我逗笑了，嘴里的东西差点没喷出来。你说："行了行了，我就不该问你这种问题。哎，你吃慢点，没人跟你抢。"

宋泽皓，对不起。其实我骗了你，夏末这个名字是我自己取的，因为我根本没有爸妈。

你带我到江边，你说，有什么不开心的事情就要大声喊出来，江水会将它慢慢抚平，带到远方的世界。那么这个烦恼，就不再属于你了。

我呆呆地看着江水从远处流向长堤，拍打在高高的堤坝上，砌起层层浪花，而后再以同样的方式流回远方，最终抚平在水与天的交际。

我突然站在长堤上，举起双手，大喊："从今天起，我要做一个真实的夏末！"我喊完后转身，看到你不可置信地看着我说："你这都还叫不真实，那这个世界上还有谁真实？"

宋泽皓，你不知道吗？世界上有一种人，是活在别人眼里的，像我。其实我有好多好多的话想告诉你，但我看见你的时候却始终无法张口。你自以为很了解我，可你知道吗？你对我的了解只停留在我的名字上而已，我把我最虚伪的一面留给了你。

你问我为什么叫夏末，我说因为我出生在夏末，所以叫夏末。你说哦，原来如此。宋泽皓你真笨，怎么我说什么你都信。那如果我说我出生在冬天梅花盛开之际，那我是不是还要取名叫"冬梅"？然后被你耻笑好一阵子？

嗯……我想，人类对于自己挚爱的人是始终无法坦诚相待的。每个人或多或少都会有一些不为人知的秘密，即使是对最爱的人。

不知道为什么，在认识你的第二十二天余三小时八分零五秒时，我忽然对你动了心。

等等，先让我想想那个时间点发生了什么事？为什么会让我对你忽然动心，以至最后的万劫不复。

噢！我想起来了，在我吃完饭后你忽然凑上前来，我们之间的距离不过几厘米，我的心跳顿时漏了节拍，我闭上眼睛，等待着你即将到来的吻。可过了很久，我也没等到预想中的吻，于是我睁开眼，看见你拿出纸巾将我嘴角的油渍擦干净，刮了刮我的鼻子，"夏末，你是笨蛋吗？怎么吃东西都吃得那么脏兮兮的。"

宋泽皓，不得不承认，你确实有一种与生俱来的撩妹技能。仅仅这么一刻，我便彻底沦陷。

那时候我们都还很年轻，你爱谈天我爱笑。

我是个很厚颜无耻的女孩子，喜欢上你后，也不懂矜持，整天就在你家门口堵你。

清晨七点二十五分零八秒，你推开了家门，我立马迎上前去将我买好揣在怀里的豆浆油条塞给你。"拿着，早上晨跑刚好路过，就买了。"我故作镇定。

"这样啊。不过夏末，我们两个的家好像隔得很远哎，你确定你是晨跑来的？"你不可置信地看着我。

"对啊，晨跑啊。锻炼身体嘛。"我怕你不信，还做了个跑步的动作。

"噢！夏末，你挺厉害的。"

"为什么啊？"

你指了指我的高跟鞋，憋着笑说："头一次见有人穿高跟鞋晨跑，还晨跑了整整十公里。"

我尴尬地低下了头。

你揉揉我的头发，"好啦，夏末，来我家一起吃早餐吧。"

你们家很大，装修很精致。你围了围裙，为我煎了个鸡蛋，榨了杯橙汁，让我吃这个，你说这个有营养点。然后你拿起我买的豆浆油条吃了起来，边吃还边说，"味道不错。"

"你家里就你一个人住啊？"我环顾四周，没发现什么人，有些疑惑。

"嗯，我从家里搬出来了，这儿离公司近。"

"你一个人住不觉得寂寞吗？"

"你要是搬进来就不会了。"你看着我，邪恶地笑了。

"喂，宋泽皓！小心我打你。"我伸出巴掌就落在了你腿上。

你抱着腿，一脸痛苦，然后对我说："夏末，你那么凶以后谁敢娶你啊。"

"是啊，没人要最好，省得我招人嫌。"我有些不开心。

"看吧！你这小脾气又上来了。不过说真的，要是你没人要，我娶你。"你拍了拍胸脯向我保证。

"你了解我吗？我们才认识不过一个月，你就愿意娶我？"

"感觉对了就行，何必在乎那么多？"

"那真的？一言而定。"

"好，一言为定。"

的确，我们认识不过一个月，却好似已经认识很久了。

记得第一次遇见你，是在我们共同朋友的聚会上。那天我喝了很多，喝得不省人事。也不管你是谁，就上前抱着你在你身上吐得稀里哗啦。后来听朋友说你也没生气，而是把我送回家，很耐心地帮我把身上的污渍擦拭干净，然后坐在床边照顾了我整整一夜。

第二天醒来时，你趴在床榻上睡着了，我不由分说地拿枕头砸你，大骂："你个变态！怎么会在我家。"你只是笑笑，也不解释。和我合租的室友小雪告诉了我这一切，我才讪讪地笑了。

你环着手臂，俯视我，"这位姑娘，你折腾了我一夜，也不打算犒劳一下我啊。"

我自知理亏，也不与你争执，只好顺着你的意思，"那你想吃什么？我请客。"

"请客多没诚意啊。自己做一顿饭犒劳我才显得有心意嘛。"你饶有兴趣地说。

宋泽皓，我想你一定生来就是要与我作对的。鬼知道我的厨艺有多"好"，那些黑暗料理简直让人看都不想看一眼。

"好啊，既然你想吃，那我就做给你吃。"我咬牙切齿地说，顺带也有些报复性地想让你尝尝什么叫真正的黑暗料理。

当我把一盘盘乌黑的团成一块不知何物的东西端到你面前时，我能感受到你的内心其实是崩溃的。你叹了口气，然后从我身上解下围裙，系到自己身上，转身进入厨房开始忙碌。

好吧，我承认你很有厨艺天分，至少在我把你做的食物吃得干干净净后我是这么想的。

不过我发誓，那一刻我真的没有对你动心，我说过的，对你动心是在我们认识的第二十二天余三小时八分零五秒。

在认识后的第二十二天，你给我打了电话，你说想带我去你出生的地方。我不假思索地同意了。

嗯，那座海边小渔村的确很舒服，让人有种在这儿尘埃落定的想法。你滔滔不绝地说了你遇见我之前的人生。

你说你的父亲是渔民，在一条大船上做事。你父亲是个很忠厚朴实的人，也很爱你。每次打鱼归来都会给你带些好玩的东西。他和其他所有的父亲一样，不怕劳累，日夜辛苦，只为给你更好的生活。你说你上小学时就被父亲送出了小渔村，在城里的寄宿小学读书。他深知自己没什么本事，唯一能做的，就是希望你能出人头地，不要走他的老路。

后来你的的确确成功了，有一份体面的工作——在全球五百强的公司里上班，年薪很高，长相又帅气，身边不乏白富美的追求。

只是就在你狂妄地以为自己成功了的同时，从老家传来了噩耗，你的父亲，因为在台风天出海，翻了船，永远地离开了人世。你说自己真的很难过，那种歇斯底里的痛，为什么自己都那么成功了，却保不住父亲的生命？

现在你母亲一直独自一人住在这座小渔村里。

我忽然很羡慕你，羡慕你的坦诚。是啊，我做不到和你一样强大，因为我已经经历了太多太多。

你带我见了你的母亲，一位很慈祥的老妇人，听说我要来，还特意织了一方手帕送我。

你说："妈，这是夏末，我女朋友。"

我生气你事先怎么没知会我一声就随便向你妈介绍我是你女朋友，我朝你的背上狠狠打了一拳，你吃痛地叫出了声。

你妈问："怎么了？小两口闹别扭了？"

"没，妈，夏末就是看见了您有点紧张。"

"这孩子，这有啥好紧张的，阿姨还会吃了你不成？泽皓啊，你也别愣着，带夏末到附近转转。我们这村子啊，别的什么没有，空气倒是蛮新鲜的。"

出了你家门后，我插着腰问你："谁允许你这么跟你妈介绍我的，我说过我要做你女朋友了吗？"

"我这不是先斩后奏嘛。"你贱兮兮地看着我笑，"我请你去小渔村里吃饭还不成嘛。"

"好吧，看在吃东西的份上，暂且原谅你。"

于是，有了第六段的那一幕。

也就是在这一天，我对你动了心，再然后，有了后来的万劫不复。

夕阳时分，你带我到江边，我们坐在堤坝上，谈天说地。

在江边，我把头靠在你的肩膀上，静静地看着江水连绵起伏，在日落后的世界里闪着粼粼的波光。我突然好渴望能有一场雪，即使只是几颗微小的雪粒子。我问你："宋泽皓，为什么人不能选择自己的生日？如果可以的话，我想出生在冬天，在生日那天拥有一场属于自己的雪。"你伸出你修长的指头刮了刮我的鼻子，宠溺地拍了一下我的头，"小傻瓜。"

行文至此，我笑了笑，然后发觉本子湿了，上面落满了泪。上面的场景很旧了，表皮都蒙了一层灰，有些扑朔迷离，让人看不清真相。是啊，很久了，久到我怕我会忘记这些故事，忘记你曾经在我的世界出现过。宋泽皓，整整五年没见了，你，还好吗？

宋泽皓，你知道吗？能和你坐在江边肩并肩地聊天，已经花光了我所有的运气。以至于后来的某年某月，我跟朋友们说起，我曾经用了我五分之一的人生去爱一人时，他们都嘲笑我，说我这出戏要是搁古代，没准还能上演孟姜女哭长城呢。

我在朋友们面前提你的次数多了后，他们纷纷教唆我把你带出来一起吃饭，给他们开开眼界，瞧瞧究竟是什么样的人俘获了我的心。我说你不会来的，他们说这肯定是我编造出来的故事，而你，我故事中的男主角，也只是活在小说里的人。他们怀疑你是否真实存在过。宋泽皓，他们那么说我，你也不会出来帮我澄清一下吗？宋泽皓对不起，因为我根本没有办法向他们证明你的存在。时间久了，就连我自己都开始质疑这个故事了。

你说，夏末，如果你愿意的话，也可以给自己定一个冬天的生日，只属于我们两个人的生日。我说好，一言为定。我想了想，然后告诉你，每年冬天下雪的日子就是我的生日。

只是我忘了，我们这儿是江南，怎么会有雪呢？即使是在冬天，也很少有雪吧。

今年初秋，我在内蒙古的朋友发短信给我，告诉我他们那儿已经下了今年的第一场雪。我抬头望了望天空，烈日正高高地悬挂在天空中，江际线上倒映着灼热的太阳。我想，今年，可能又没有冬天的生日了吧。宋泽皓，已经好多年没有下过雪了，我也好多年没有见到你了。

宋泽皓你快回来，不然，我就把我冬天生日的这个秘密告诉别人，这样，你就再也不能和我一起过两个人的生日了。宋泽皓……我哭得声嘶力竭，可最终还是没有等到你。我们，已经好久好久没有见面了吧。那么你有想我吗？

我们最后一次见面，是在下着雪的码头。江南罕见地下了一场大雪，整个世界铺满了雪绒。你捧着插着蜡烛的蛋糕，走到我面前，笑着说："夏末，生日快乐。"你让我吹蜡烛，然后闭上眼许愿。我说，这是我们两个人的生日，要吹一起吹。你说好，于是我们面对着面把蜡烛上的轻烟吹到对方的脸上。我闭上眼，许了个愿望，睁开眼睛的时候，你就站在我面前，盯着我看。我开玩笑说，干吗看我啊，我有那么漂亮吗？你说，有。

江边弥漫着我们毫不遮掩的笑声，甚至不经过滤镜的处理，就赤裸裸地展现在夜的序幕中。码头旁的街道上，停靠着一辆老旧的公共汽车，司机把车熄了火，脚架在方向盘上睡觉。你突然降低了音量，小声地喊我看司机黑袜子上破的洞。我说，宋泽皓，你真幼稚。你说，夏末，还不是跟你学的。我站起来挠你痒痒，你推搡着躲开，最后脚不小心踩空，像个木桶一样从长堤上滚了下去。我吓得呆住了，也没反应过来要喊人，就眼睁睁看着你滚下去，最后砸进江水里溅起层层波纹。那个袜子破了洞的公交司机闻声赶了过来，呼喊周边的渔民把你打捞上来。

宋泽皓，你的白衬衫上沾满了血迹，袖口变得潮湿泥泞，俊秀的脸庞被堤坝上的石块擦破了，藕色的肉块裸露在飘着雪的寒风中。你躺在担架上一动不动，干裂的嘴唇闭合、张开，周而复始地重复着同一个动作。我跑到你跟前，哭着说："宋泽皓，你不要有事。你答应过我要陪我过完一生中所有的生日的。"

你笑了笑，艰难地张了张嘴唇，我把耳朵凑近你，听到了你说的是："傻瓜"。

我又说："宋泽皓，我骗了你，对不起。你还不认识真实的我呢，你不能有事。我不叫夏末，我……"

你摆了摆手，说："我知道。"然后消失在冬末的雪中。

你被推进了手术室，我坐在手术室门口等了整整五个小时。急救室上悬挂的灯终于暗了，医生一脸疲惫地推开门，告诉我我这辈子都不想再听到的六个字："我已经尽力了。"你被推车推了出来，蒙着白布。原来，我们之间只隔了一层薄薄的白布，却隔了世界上最遥远的距离。

宋泽皓，如果我知道你进了手术室后就回不来了，那我一定不会让你进去的。为什么才短短的几个小时，我们之间的距离就隔了好远好远？

宋泽皓，你个骗子，大骗子。你不是答应过我会陪我过以后所有的生日吗？怎么就失约了呢？

我从你衬衫的兜里找到了一枚戒指，还有一本你随身携带的小本子，上面记载着你我的初识。你说你在那次聚会时就对我动了情，之后千方百计地向朋友打听关于我的消息，制造和我的偶遇。原来，你也和我一样，为了对方，千方百计。

你在本子上记载了好多我不知道的事，你说你真的是爱上了我，无论我真实的样子如何，你都爱我。爱我的眉眼，爱我说话的语气，爱我笑时的模样，爱我的一切一切。

你说你妈妈很喜欢我，问你什么时候会把我娶回家，你说最迟今年年底。你妈妈笑了，她说真好，你爸知道了一定会很开心的。

你说那次我们在江堤为我庆祝生日实际上是你为我策划的求婚仪式，你想让雪来见证我们之间的爱情，你打算在雪落完后就掏出戒指向我求婚。

我翻到最后一页，看到了你清秀的字迹："我在等夏末带我认识真实的她。因为我爱她，所以会为她等待。"

我站在冬末的江边，泣不成声。

我叫夏末，是个孤儿。

没有比这更简单的自我介绍了，往往这寥寥数字，就可以使我的爱情、友情通通降级为同情。多么可悲的我。我宁愿被嘲笑，也不需要同情。

宋泽皓，你知道吗？我是真的爱你，所以才小心翼翼地掩饰着自己，我不敢再冒一次风险。其实，我也无数次想过要告诉你，可是我是真的害怕。

你说，你知道。原来，你一直都知道真实的我，却怕我会难过，一直默默等着我。原来，一直在等我的那个人是你。

我在文章前面的部分说过的，在你告诉我你父亲那件事后，我说，宋泽浩，我很羡慕你的坦荡。末了，我又说，只是，我做不到像你一样坦荡，因为，我已经被伤害过太多次，多到我都懒得去剖开曾经那些血淋淋的伤口。

我们第一次见面时，在朋友的聚会上，我不由分说地抱住你，吐得稀里哗啦。你知道吗？你真的像极了他。

那时候，我刚结束了一段痛彻心扉的恋情。整天把自己锁在家里，什么话也不说。闺蜜实在受不了了，把我拖了出去，参加那次聚会。可是她没想到她刚离开没多久，我就一个人喝了好多的酒。

和他相遇时，我还是个很单纯的女孩子，我把我平生所有的勇气都给了他，我告诉他我的身世：我父亲是个杀人犯，杀了我母亲，警察来家里时，我还只有 5 岁。我看见往日那个西装革履的父亲，那个英俊潇洒的父亲，被戴上手铐，进了警车。家里出了变故后，没有亲戚愿意收留我，我被送进了孤儿院，一个人跌跌撞撞长到了这么大。

父亲和母亲一点也不相爱，从我有记忆开始，他们就老吵架。母亲曾经偷偷告诉过我父亲在外面有了别的女人，还生了个孩子，他打算把钱全留给他们。

父亲要和母亲离婚，母亲不同意，于是父亲用酒瓶砸母亲，不小心失了手，杀死了她。

没多久，父亲就被抓了。

我对爱情的所有恐惧都来源于我的童年阴影，直至后来遇见了他。

那时他真的给了我足够的信任，于是我觉得时机成熟时，我把这一切都告诉了他，他拍了拍我的肩膀，说："夏末，没事的，从今往后，我会照顾好你的。"他的誓言说得那么真，我竟然全信了。

直到后来，他移情富家女，走之前对我说："夏末，忘掉过去，我们都有自己的路要走。"

我说，你不是说好了要照顾我一辈子吗？既然招惹了我，为什么又要临阵脱逃。

然后他说："夏末，别给你脸不要脸，你要知道，你只是个孤儿，没背景没靠山，我们的将来该怎么保证。别把自己看得太重要，你要记得，你只是个孤儿。"

我流着眼泪，问他："所以你能告诉我你究竟把我当成什么了？一直以来你都只是玩玩的对吗？"

他说："你是个孤儿，我只是同情你罢了。同情不是爱，你知道吗？夏末。"

是啊，他说得对，同情，不是爱。

所以宋泽皓，从那以后，我就把自己锁在了一副枷锁里，封闭自己，因为只有这样，才没有人能够伤害得了我，我以为，我可以无坚不摧。

直到遇见了你。

你知道吗？你真的像极了他，你的眉眼，你的发型，甚至你走路的姿势。所以遇见你的第一秒，我就不由分说地抱紧了你。

后来，我发现你不是他。是啊，你怎么会是他？你比他好太多，我知道你是真的爱我，可是宋泽皓，对不起。我把我所有的勇气都给了他，到了你这儿，我再也无法做到从前那样的义无反顾。

可是，我们之间，的的确确已经错过了太多太多。

再次回到这座城市的时候，它已接近冬季的尾声。码头的空气中粘着阵阵鱼腥味，以及海水里藏匿着的海膻味。我坐在澎湃着海水的决堤上，看着拂晓渐渐吞噬昏暗的凌晨。长堤的另一端，偌大的货轮缓缓从江际驶来，发出隆隆的呜咽声。

宋泽皓，我回来了，我又回到了我们原来相识的地方。真好，可惜你已经不在了。就连我们之间的故事，也被他人说成是我编织出来的小说。

我坐在江边，静静地等待着黎明。有人说，拂晓时分，世上的一切，又会重新归于静谧。我仰起头，惊喜地发现从天边飘来了细碎的小雪绒，然后渐渐大了起来，变成了片片雪花，最后，整条堤坝都变成了白茫茫的一片。多年没下过雪的江南罕见地下了今年的第一场雪。我突然想起了我上次和你过生日时许的愿望：

拥有一场属于自己的雪。

　　我抬起头，看见远方那颗明亮的星也在看着我。是你吗？宋泽皓。是你用你的生命帮我实现的愿望吗？

　　我静静地坐在江边的长堤上，感受着这场只属于我一个人的雪。

　　这场雪的名字是：夏末的雪。

来不及在夏末遇见你

遇到西柚糖少年的时候，已经是深秋了。

在学考的动员大会上，他一个人安静地坐在最后排，手里拿着包西柚味的糖果，我莫名其妙跑上前要了一粒，含在嘴里。于是，本该灰头土脸的青春变得清新起来。

后来我才知道，其实世界上本没有那么多你所谓喜欢的样子，一切都不过是因为你遇见了他，于是他所有的样子都成了你所喜欢的样子。

他有刘海时，我觉得所有留着刘海的男生都特韩范儿，特帅。后来他把刘海掀了上去，我又开始觉得这样的发型比较清爽，更有男人味。

也许是因为我们之间本没有发生太多的故事，于是我开始像寻找树枝末梢那样去寻找我们之间的相同点。例如我们的生日都是由"1"构成；例如我们的生物成绩都不太好；例如我们都一样孤独而又坚强。可后来我发现，纵使我们之间存在着那么多马虎的联系，可还是离得好远好远。

年少时期的暗恋无外乎刻意模仿他的一切：走他走过的路，吃他吃过的东西，说他说过的话……他喜欢西柚味的咀嚼片，于是我每次去小卖部时，都会学他的样子买一包西柚味的咀嚼片；他喜欢半开玩笑地说"弱智"，于是"弱智"这个带着些贬义的词成了我与朋友之间最日常的赞美；他爱用金装某品牌面巾纸，于是从知道的那天起，我的面巾纸就没换过别的种类。

我乐此不疲地将他的生活日复一日地重演，以为这样，就可以离他更近一点。然而事实是，在他踏入我世界的那一刻起，也会有人踏入他的世界。

那个时候，我们最大的懦弱在于不敢把暗恋变成明恋。遇见他，已经是深秋，所以我从未见过他在夏末穿白衬衫的样子，从未见过他为了一个女生泪流满面的样子，甚至从未见过他从前剃着杨梅头的样子。电影里一切俗套的剧情都没有发生过，有那么一瞬间，我怀疑我从未参与过他的青春。可这，本来也就不是属于我的剧本。

我彻底退出了他的世界，清空了这场本就不属于我的剧本中痴情的女二号形象。

再见到他时，已是多月后。他牵着一个清秀的长发女孩，有那么一刻，我觉得她的眉眼像极了我。他们手拉着手走在我的前面，占满了那条窄窄的过道。我压抑住内心所有多余的情绪，以一种没有一丝波动的声音轻描淡写地说："让一下。"他松开了原本牵着女孩的手，我从他们之间穿过，却像隔了一整条银河。

我想象过无数次重逢的场景，我望着你，然后以一种意味深长的语气说："你好，别来无恙。"然而真实相遇时，我还是落荒而逃了。

其实我不后悔我们之间没有发生过故事，因为一切都只怪我来不及在夏末遇见你。

谢谢你赠我的空欢喜一场，使我本该落魄而又荒唐的青春，就此填满西柚味的清香。

那么你好，别来无恙。

南半球看不到北极星

一

致梁亦皓：

今天墨尔本下雪了，风很大，下午走在街上，我努力把脖子往领子里缩，却还是有风不停地灌进来。墨尔本的街道两旁种满了树，像是我们高中时校门口的那片树海。我看见有对澳洲情侣并肩走在小道上，堵住了我前行的路。我想起我们高中那会儿，每天放学好像也是这样，两人并肩在狭窄的小道上行走，即使挡住了后面人的路也不理会，厚颜无耻地继续走。

你总说你的厚颜无耻是跟我学的，可是你却每次都能比我发挥得更淋漓尽致。

你那边应该是夏天吧。让我想想你都干些什么事？是穿着热裤满沙滩泡妞还是打着领结假正经？

现在墨尔本是凌晨两点三十分，上海应该也过了二十四点踏入了新的一天。你，睡了吗？是不是也跟我一样因为想着一个人而失眠？

我有些困了，不停地撑着眼皮，不让它垂下来，因为我怕你会在凌晨时分耍酒疯给我打电话时我接不到你打来的国际长途。

哦，对不起，我忘了，你是不会给我打电话的。我来墨尔本已经一年零三个月了，却没有收到你的一丝问候。我记得我曾经问你，如果我离开了你会怎么办？你说你会永远都不联系我了。我问你为什么？你说失去的朋友就失去了。我笑你绝情，你摇摇头告诉我时间距离能改变很多，不光是爱情还有友情。

可是梁亦皓啊梁亦皓，你告诉我我们之间除了已经荡然无存的友情外还剩些什么？

也许当年我不该离开，也许必须离开。

也许你所谓的距离论，只是一个为了摆脱我的借口。

是啊，我们之间早已隔了一条赤道、南北回归线以及 67 个纬度。我们，早已生活在不同的半球。

二

致梁亦皓：

我们认识多久了？三年？四年？还是五年？

因为想知道究竟和你认识了多久，所以我去挖掘记忆，连带着挖掘出了和你的初识。

我们的初识应该是因为一个恶作剧。我和朋友打赌打输了，赌约是在路上随便揪着一个人拉着他袖子然后说一句"我拉屎"。无聊透了的游戏，纯粹是青春期少男少女那颗敏感心下的寂寞，可我还是照做了。我的朋友指着迎面走来的你，对我说："就是他了。"我看了你一眼，对她说："这哥们太帅了，我有些不忍心呀。"她推了我一把，我差点跪拜在你面前。我拉着你的袖子，你斜着眼看我，眼里充满疑惑，我结结巴巴地说："我拉屎。"你笑了，笑得真好看，然后你一脸智障地对我说："那你就去哗。"我也笑了，你真蠢，这个恶作剧的最大笑点就是将你和"屎"这个粗俗的词连同在一起，你却还是一脸真诚。我对你笑了笑就跑开了。

我的运气一直以来都不太好，第二次和朋友打赌时，我还是输了，于是当我愿赌服输往嘴里塞满一大把生菜，面目狰狞地咀嚼时，你出现在我面前，惊讶地看着我，神情里满是不解。我将脸转到另一边，企图不让你认出我，没想到你还是认出了我，你走到我面前，好笑地说："你又在玩什么把戏啊？"我对你耸了耸肩，极为艰难地将嘴里的生菜咽下后对你说："没办法打赌又输了。"你凑上前来，在我耳边小声地说："同学，有没有人教过你，打赌不好的。"我气得咬牙切齿，你却一脸满意地笑着离开了。

新鞋磨脚，我的脚后跟不争气地长了水泡，走路一瘸一拐，碰到伤口就疼得要命。我身残志坚，午休过后，硬是从五楼跳着台阶下了寝室。刚出寝室门，就看见一团阴影挡住了我的去路。你蹲下身子，示意我趴在你背上，我用双手环住你的脖子，你背着我，步履蹒跚地走往教室的方向。那时候我还很胖，163厘米的身高，大概有120斤，你属于那种虽然很高但一看就知道是虚弱的白净少年，你背到一半，忽然停下气喘吁吁地对我说："你真的好重啊，我估计你最少有 200 斤。"我最讨厌别人侮辱我的体重，一个激动也不顾男女有别伸手就往你屁股上拍了过去，你没站稳，于是我们两个一起滚到了地上。你站起来拍了拍手上的灰，然后把我扶起来。你似笑非笑地对我说："我发现我每次遇见你都会倒霉。"

梁亦皓，可是遇见你，是我幸运的开始啊。

后来我们就这样认识了，我知道你叫梁亦皓，你知道我叫陈无西。

你总爱对我说："陈无西，你这么胖，以后谁敢娶你啊。"我一边嚼着鸡排一边嘟囔："你嘴那么贱谁敢嫁你。"

然而此话一出口我就知道我错了，你当时是级段有名的帅哥，喜欢你的女孩排成排都可以为你组好几个啦啦队。

你突然将头靠近我，凑到我旁边，低声说："那么你呢？陈无西。"

我紧张得不停地用手拽着衣角，一句话也说不出来。

你不依不饶地说："陈无西，你不会喜欢上我了吧。"

我仰着头，嘴硬地说："谁喜欢你谁是狗！"

你爽朗一笑，"也是，你品位没那么好。"

可是梁亦皓，我还是说了谎，其实那时候的我，已经喜欢上了你。

喜欢那个第一次见面时一脸真诚地对我说"去吧"的你，喜欢那个愿意蹲下身来背我的你，喜欢那个每天嫌弃我胖却还是将那些女孩子送你的零食给我吃的你。

三

致梁亦皓：

我记得我们高中那会儿，我坐在教室的窗边，窗外就是走廊。你经常在夏夜的晚自习溜出教室来找我，起初你推开我旁边那扇窗户时我会吓一跳，到最后只要你一敲窗户我就悄悄从后门溜出去。你带我到顶楼，那儿通常没什么人，我们跷着腿坐在阳台上，你指着天空让我辨认哪一颗是北极星。我每次都认错，你总是骂我蠢。是啊，我这么蠢，蠢到会喜欢你。

我还记得有一天的你特别不一样，你小声问我："喜欢一个人是什么感觉？"

我说："喜欢一个人就像你只是颗散着微弱光亮的星星，却爱上了隔着银河遥遥相望的北极星。你明知他太耀眼，却还是像飞蛾扑火那样喜欢他。"

你笑了笑，说你好像有喜欢的人了。

我问你是谁，你第一次不愿回答我的问题，只是沉默地看着远方的北极星。

当时我还幻想过，你不愿意告诉我那个女孩子是谁的原因是你喜欢的那个人是我，可是很快，我就发现我错了。

那个周末，我看见你走在街头，旁边站着一个女孩。我认出她了，我们学校的，大眼睛小嘴巴，腿又长又细，讲起话来眼睛一闪一闪的，睫毛微微颤动，楚楚可怜。她就像个洋娃娃，那么好看，让人不敢靠近，生怕破坏那份美感。你细心地替她整理额前的碎发，然后陪着她不知疲惫地逛了一家又一家店。梁亦皓，我记得你说过，你最讨厌的就是逛街，以前无论我如何乞求，你都不愿意出来陪我逛街。

后来我知道了是那个女孩先追的你，她比我早认识你，只不过那时候你们一直不温不火，可最近，你忽然发现了她的美好，对她有了心动的感觉，你答应了她的追求。

是啊你们那么般配，你微笑着揉她头时眼里满是宠溺。你为了她开始努力学习，晚自习也不再翘课出来找我，我们之间，渐行渐远。

你偶尔会在 QQ 上联系我，你说了你的最近，并且问我过得还好吗？我说，我的世界除了没有你之外，其他都很好。你过了很久才回我，陈无西，你要记得开心。我没有再回复你了。

后来我们的那段聊天记录好像被你的女朋友看到了，她来找过我，一身傲气，仰着头问我是不是喜欢你。她让我离你远点，不要做不切实际的幻想。我低着头告诉她我和你之间只是朋友而已。她轻蔑地笑了，"也是，谅你也不敢喜欢梁亦皓。你个胖子，没资格喜欢他。"

是啊，我是个胖子。我忘了，梁亦皓，胖子是没资格喜欢别人的。陈无西那么胖，又有什么资格喜欢梁亦皓呢？

后来你再在 QQ 上找我，我也就不回你了。我不恨你的女朋友，相反，我认为她说得没错，她的话骂醒了我，明明知道不可能，又何必做些不切实际的幻想。

久而久之，你发现了我的刻意疏远，你在一节晚自习上翘课出来找我想问清楚，我在教室里紧紧地按着窗户不愿意让你推开它。末了你走了，我推开窗户，看着空空的走廊，忽然明白，我们真的已经渐行渐远了。我守着你走后的那转空气，它悬浮着寂寞的尘埃，我抱着头，在晚自习的教室不顾形象地痛哭。

是啊，我哭了。摔倒摔得头破血流的时候我不会哭，生理期姨妈痛的时候我不会哭，就连你女朋友那时候那样说我我也不会哭，可如今，却因为你，我哭了。

我哭了，哭得那样撕心裂肺，只是梁亦皓，这些，你都不会知道。

我曾经在晚上逛操场时在主席台下看到过你和她，你捧着她的脸，俯身吻她，我站在远处的阴影中，泪流满面。我幻想过无数次这样的场景，只不过在我的幻想中女主角是我。我想过冲上前去把你们分开来，也想过故意制造动静让你们离开，我甚至邪恶地想过，要去政教处举报你们。只是最后，我还是落荒而逃了。

我满脑子都是你深情吻她的样子，你知道吗？我真的一点也不喜欢这样。

梁亦皓，我没想过有一天你成为别人的。我以为只要一直这样下去，你就一直还会是我的梁亦皓，即使只是以朋友的方式伴你左右。

我想过无数次为你变优秀，可后来，我发现即使我再优秀也改变不了你和她已经在一起了的事实。

我每日都在向上帝祷告，祈求你们能快点分手，可是上帝啊上帝，是您太忙了吗？为什么会听不到我的祈祷？

后来你托朋友给我递了封信，你在信里跟我说你很在乎我，你说你一直把我当成了特别好的朋友，你说你在天台等我，会一直等到我来为止。

我很没志气地上了楼，看到你之后便冲上前去抱紧你。我边哭边说，我们好久没联系了，我真的好想你。你说你也是，然后用手帮我擦干眼泪。你说没事了都过去了，我们还是哥们。

可是梁亦皓，从始至终，我就没想过要和你当哥们。

高考我考得不理想，便顺了家里人的意思出了国，来墨尔本念书。其实出国这个想法早在高二我爸就跟我提出来了，可是那时候我真的不想离开你。只是现在，你已有了你的生活，或许我不该再去打扰你。

原谅我的不辞而别，我只想换种方式伴你左右。

我彻底退出了你的生活，我知道，从今往后，你的世界里不会再有一个叫"陈无西"的人。

后来，在墨尔本唐人街的街头，听到那句"给你最后的疼爱是手放开"时，我还是泪流满面了。

我哭了，一个人在墨尔本的冷风中哭得声嘶力竭。

给你最后的疼爱，是手放开。

四

致梁亦皓：

墨尔本在南半球，没有北极星。

高中时地理老师讲过，当时我还只是半信半疑。我曾幼稚地在墨尔本漆黑的夜空中找过星星，用你教我的方法，顺着在北半球的方式寻找，先去找北斗七星，再去寻找北极星。只是我把脖子都仰累了，眼睛都看酸了，却还是没能找到北极星的痕迹。我这时才无力地相信，南半球，真的是没有北极星的。

是啊梁亦皓，南半球怎么会有北极星呢？南半球没有北极星，也没有你。

那么，在南半球的我，该怎样才能寻找到你的痕迹？

圣诞节的时候一个墨尔本的男孩和我表白了。他是个很干净的男孩，捧着玫瑰害羞的样子有些像你。其实在离开你以后我就告诉自己，别再苦苦等待了，遇到有点喜欢的就同意了吧。我承认他捧着沾着雨滴的玫瑰时的样子有点让我心动，但是梁亦皓，只要一想到你，我就没法再答应其他人。

哦对了，我现在已经不再是高中时的那个胖子了，现在的我只有 90 斤。我知道你喜欢瘦瘦的女孩子，你说那样的女孩会让你有保护欲。嗯，没错，我为了变成你喜欢的样子确确实实瘦了。只是梁亦皓，我怕我们再也不能相遇。

我已经 20 岁了，是啊，真快，你的名字也贯穿了我的整个青春。

今天我喝了很多酒，想起以前高中的时候，我总爱拉着你去天台喝酒，那时候的夏天，晚风凉凉的，我们喝着啤酒吹着风晃着脚，各怀心事。你夺过我手中的啤酒，你说女孩子喝那么多酒不好，我点点头。无论你说什么我都会顺从，我真的很没主见是不是？

可如今，我一个人在墨尔本的酒吧里买醉，喝了一杯又一杯，却再也没有一个人夺过我手中的酒杯，告诉我，女孩子喝那么多不好。

我还是没忍住，发了疯地想你。我打开手机，疯了般地输入你的号码，熟悉又陌生。来墨尔本一年多了，发烧发到四十度时，我忍住了，没打你电话。在异国与澳洲学生吵架，她声嘶力竭地喊着让我滚回中国时，我忍住了，没给你打电话。就连家里被小偷光顾，我一无所有时，我也忍住了，没给你打电话。可如今，仅仅是因为寂寞时的思念，我却不可抑制地想给你打电话。我不知道找什么理由来告诉你，我甚至没法告诉你给你打电话仅仅是因为想你了。

你没接，毕竟是圣诞节，你应该在和朋友狂欢吧，我又打了好几个，回复我的依旧是碌碌的忙音。嗯，这样也好，这样我就不用绞尽脑汁胡编乱造给你打电话的理由了。

话虽是这么说，可我还是不甘心，不停地给你打着电话。

凌晨的时候，你的电话终于通了。

"喂？"你说。

我没有说话，只是静静地听着你的声音，是的，我只是想听听你的声音，仅此而已。

"你是哪位？"你又问。

我还是没有回复你，在沉默了近一分钟后，我挂了电话。

五分钟过后，我接到了你打回来的电话。

"是你吗？"你问，"过得还好吗？"

"嗯，我很好。"

梁亦皓，我现在才知道，女生说"我很好"就是"我一点也不好"的意思。

我们沉默了很久，然后你说："无西，我和她分手了。"

"怎么了？"

你絮絮叨叨地说了很多，你说她移情别恋富二代，把你甩了。我听见你小声抽泣的声音，你说你真的很爱她，你说你从未为别人心动过，你说你对她那么好，可她还是跟了别人。梁亦皓，说真的，一定是我当年的祈祷成真了，现在，我该做个还愿祷告来感谢上帝吗？可是，为什么当你说出你分手时，我竟没有想象中的那么开心，我甚至有些恨自己许下这种可笑的愿望。梁亦皓，我想我还是不愿看到你难过。

"梁亦皓，你哭了。肯定很丑。"我哭着哭着就笑了。

"是啊，我哭了。"

"你还记得我们高中那会儿吗？每次我哭的时候你都不会安慰我，还会拿出手机把我很丑的样子拍下来，并且威胁我如果继续哭的话就把照片传到微博上。你当时真的很坏，可是我知道，你只是不想让我继续难过。我也好想把你哭的照片拍下哦，可是现在我不在你身边，拍不到你。"

"嗯，我记得。"你的声音很沉稳，让人听了很安心。

"梁亦皓，我好想你，我真的好想你。为什么我都离开了一年多，你也不主动联系我？你是不是真的要和我绝交了？"那时的我已经醉了，昏昏沉沉地说了很多。

"当初你不辞而别后我找过你，托各种人打探你的消息。后来知道你去了墨尔本，我以为你生我的气不想见我，所以就没有刻意去打扰你。"

"我记得以前我问过你，如果我离开了你会怎么办，你说你会永远都不联系我了。我问你为什么，你说失去的朋友就失去了。"

"那只是当时年少，随便说说的，只有真正失去后才知道，你还是会想找回她。"

那天晚上，我迷迷糊糊跟你说了好多，只是后来说着说着就睡着了，醒来后我就再也记不起来了。

我还记得你的声音，比起高中时沉稳了许多，果然，梁亦皓，你还是那么美好。

我想过，等回国后我就去找你，然后向你表白。来墨尔本这么久了，我变瘦了很多，你说你喜欢娇小的女孩，我现在基本上也符合了。梁亦皓，所以，我们又能一起看北极星了是吗？

我也想像她一样感受你唇瓣的温度，让你深情地看着我，然后告诉我你爱我。

梁亦皓，曾经我得不到的一切，现在通通都想得到。此时，我发现我竟如此贪婪。

五

致梁亦皓：

六月底的时候，墨尔本的学校放了寒假，我理所当然地回了国。

我喊你来接机，因为我想让你第一个看到我的样子。

飞机落地后，我绕过人群，寻找你的身影。远方的你高大帅气，眼睛正盯着出口处，看到我后你朝我挥了挥手。

嗯，梁亦皓，你健壮了很多，越发帅气了。

"嗨，好久不见。"我故作镇定地站在你面前。

你理所当然地接过我的行李箱，然后说："别来无恙。"

坐在回去的车上，你忽然转头，盯着我的眼睛问："无西，你瘦了好多。现在真漂亮啊，果然胖子都是潜力股。"

我回你，"这话讲的，难道我以前就不好看吗？"

你白了我一眼，"要是你以前那么好看我就不和你做哥们了，说什么都要直接追你啊。"

"现在你也可以啊。"我抑制住自己内心多余的情感，假装开玩笑地说。

"得了吧，这话要是被你男朋友听到，还不得打死我。"你说。

"我没有男朋友。"

"这些年来一直没谈？"

"嗯。"

"你在等谁吗？"

"是的。"

"究竟是谁那么有能耐，能让我们陈大美女这么多年来一直念念不忘啊。"你凑过头来，我闻见你身上的味道，淡淡的栀子花味，然后我听见你神秘地说，"不会是林仕吧？没看出来啊，真够痴情的。哎——不过话说回来，你现在这样，哪个男人不接受你是他眼瞎。"

梁亦皓，原来你还记得，不过其实我说我喜欢林仕是我骗你的。因为我不想让你知道我喜欢你。

"那如果是你呢？"我问你。

"我……对不起……"你忽然没了声音，过了好久，你说，"无西，可能我这样说你会觉得我很可笑。可是真的，我忘不了她。"

"跟你开玩笑呢！瞧你这当真的样。"我假装兴奋地说。

你笑了笑，没再说话。

所以梁亦皓，即使她退出了你的世界，我也没希望了对吗？

回到上海后，你很积极地撮合我和林仕见面。我没有拒绝，因为我怕你会多想，想到其实我喜欢的是你。

我假装很开心，假装感激你，只是梁亦皓，你真的就没有对我有那么一点点的动心吗？

我和林仕见面的第一天，他看着我呆住了，他说："无西啊，没想到你现在这么漂亮了，我都快认不出你了。"

我笑了笑，回复他，"你也很帅啊。"

你开心地替我们找话题聊，在他面前说了无数遍我的好。可是梁亦皓，我这么好，那为什么你不喜欢我？为什么要把我往外推？梁亦皓，难道那么多年了，我对你的喜欢，你一点也感觉不到吗？

吃完饭后，你说你有事，让林仕送我回家。梁亦皓，别以为你这些小把戏我看不出来，别忘了，这些都还是我教你的呢。不过我没有说出来，默默顺从了你的建议。你看，我还是那么听你的话，那么没有主见。

林仕将我送到我家楼下，我笑着跟他挥手说再见，转身要进门时，他忽然喊住我，我转身，他说："无西，你相信一见钟情吗？"

我说我信。嗯，我真的信。比如你，梁亦皓，就是我的一见钟情。

然后林仕告诉我，他好像对我一见钟情了，我开玩笑说，我们高中就认识了，这根本不算一见钟情。他说不是的，我回来后他觉得我已不再是从前的那个我。我说是的，我变了。

分别的时候，他吻了吻我的脸颊，我没有躲开。梁亦皓，我知道，你就在角落看着我们。

他走后，我给你发信息：我都看到了，你躲得一点也不好。

你回我：恭喜啊，那么快就把我们的男神搞到手，林仕可是高富帅啊，现在追他的人很多的。还不谢谢哥们我，帮你圆了人生的一大梦想。在末尾处，你还加了一个奸笑的表情。

是的，林仕比你高，比你帅，还比你家境好，可是梁亦皓，我怎么偏偏就喜欢上你了呢？

那晚林仕又给我打了电话，他说因为我他失眠了。语气暧昧，只是梁亦皓，就像我那么好，你却不能接受我一样，他那么好，我也不会接受他。

七月中旬，墨尔本的学校要开学了，我回了墨尔本。

在过去那不足一个月的时光里，你还是不停地在撮合着我和林仕，只是我知道，我们都各怀心事。林仕爱着我，我爱着你，你却爱着她。多么可笑的四角恋，不是吗？我只想把这条网切断，最后只剩我们两个人互有交集。

我还记得离开前的那个晚上，我拎了一袋啤酒找你，很幸运，这一次，你没再对我说女孩子喝酒不好。你从袋子里拿开一罐啤酒，一饮而尽，我看见你吞咽时喉结在抖动，我看见你嘴角浮着苦笑，我看见你在微微颤抖。你说："无西，怎么办？我想她想得快要疯掉。"我又何尝不是呢？我想你想得也快要疯掉，你知道你一年多的不联系让我有多么疯狂地想念你吗？我无时无刻不在想你，又或许我只有在呼吸时才会想你。

我没有回答你的问题，我揪着你的衣服哭着说："梁亦皓，我他妈明天就要走了，为什么你今晚还要跟我提别人？你说，我在你心里就这么微不足道吗？"

你沉默了很久，然后说："无西，对不起，是我不好，没有考虑过你的感受。我以为你还会像以前一样替我出谋划策的。"你摸了摸我的头发，"也是，以前的我太自私，从来都没有考虑过你的感受，甚至奢求你还会和以前一样。"

"梁亦皓，我明天就要回澳洲了，南半球没有北极星，你再陪我看一次北极星好不好？就像我们高中那会儿一样。"

"嗯。"你点头答应。

我们爬到屋顶，举着啤酒，对酒当歌。我仰着头，找北极星的所在地。

"北极星还是在当年的那个位置，只是我们都变了。"我对你说。

梁亦皓，我是真的不知道，我们之间除了那点荡然无存的友情外，还剩下些什么。我知道啊，她才是你的生活背景，而我，从始至终，都只不过是你生命中的可有可无罢了。

"嗯，地球还在转，我们也都在变化。"你说。

可是，梁亦皓，我们再也回不到从前了。我甚至无法鼓起勇气告诉你，我爱着你，仿佛爱了一整个世纪。

六

致梁亦皓：

我又回到了南半球，那个看不到北极星的半球。我们之间，又重新隔回了 条赤道、南北回归线以及67个纬度。

我以为我的眼泪，能瞬间让你崩溃。可后来我才发现那不过是我年少时的梦一场。梁亦皓，你亦只是我梦中一个虚构出来的人。那么，我该怎样才能忘记你？

我以为，太多的我以为。其实，从你17岁那年遇见她时笃定的眼神中我就该知道的。我把自己变得越来越好，越来越像她，甚至就在我以为我已经胜出她时，你却对我说："你很好，真的很好。只是，我不会爱你。"

墨尔本冬末了，你那儿应该是夏末吧。我知道，从高三毕业分别的那个夏末开始，我们就已经永远错过了。可是我不甘心啊，不甘心即使她离开了你，即使你说我很好，我却还是得不到你。

我接到了你的越洋电话，你说林仕很好，说我现在瞎矫情什么，喜欢了那么久现在即将得到干吗还扭扭捏捏。可是梁亦皓，你不会知道，我喜欢的那个人，从始至终都是你啊。你劝我接受林仕，你说他这么抢手，晚一步被人抢走了就等着后悔吧。我说我绝对不会后悔，因为已经后悔过了。

是啊，我一直在后悔，没能在几年前的夏末中得到你。除此之外，人生无悔。

我们之间，早已连同那荡然无存的友情，静止在了几年前夏末的气流中，然后颠簸，被迫升腾。

我幻想过无数次没有你的人生，我可能会接受林仕，然后嫁入豪门，过着我的奢华人生。也可能会接受那个有些像你的澳洲男生，定居墨尔本，生一个可爱的混血宝宝。只是，这种种的美好，都不及我遇见你。

即使遇见你后，我过得那样糟糕。

九月初，我接到了你的电话，你说你要结婚了，在叶落之前就结。我和你之间一直都有时差，就像上海和墨尔本的季节从未重合过那样。墨尔本刚走出冬天，你却将我关进了一个比冬天还要寒冷的牢笼。

上海的秋风，跨越一条赤道、南北回归线以及 67 个纬度打在了墨尔本的我身上，很刺骨。我感受到了痛彻心扉的绝望。

你说，她怀孕了，怀了那个富二代的孩子。可是富二代只是玩玩她而已，所以她带着孩子回来找你了。她说她不想堕胎，她说她想把孩子生下来，于是你就说好，那我娶你。

所以，梁亦皓，你是笨蛋吗？你宁愿接受一个怀了别人孩子的女人也不愿意接受我是吗？我就真的有这么不堪吗？我努力抑制住自己的眼泪，故作云淡风轻地对你说："那恭喜啊。"

"无西，你会回来参加我的婚礼吗？"

回来啊，当然要回来，我最爱的人结婚了，我怎么能不来呢？我是不是还要微笑着给你们祝福，然后送上一大份彩礼你们才肯放过我。梁亦皓，到底是我傻还是你傻，为什么我们之间就这样永远错过了呢？

你知道吗？喜欢你这句话，我憋了一整个青春。

你知道吗？我明明知道这一封封的信我永远无法交到你手里，却还是絮絮叨叨写了那么多。

你知道吗？我为你做了那么多傻事，却换不回自己对你的一句"我爱你"。我不求你会爱上我，我只想对你说一句"我爱你"，仅此而已。

只是梁亦皓，如今，种种故事，我再也无法说出来。

那么梁亦皓，新婚快乐，别来无恙。

氓

氓之蚩蚩，抱布贸丝。匪来贸丝，来即我谋。

孟夏又至，她趴在窗口，看着过往的人群。耳边传来琅琅书声，既而风至，发丝拂过红唇，掀起几许焦虑不安。

清晨六点五十五分，预备铃打响后不久，她看到那个穿着白衬衫的少年匆匆奔进教学楼。"呼——"她长长地舒了一口气，暗自庆幸他还没迟到。他的习惯已经被她摸透了：总是在快迟到时才匆匆奔进教室；下午第二节课后会去厕所；晚饭后回去操场打一会儿篮球……

她自认为是这个世界上最了解他的人，或许这是青春期小姑娘独有的张狂吧。他喜欢吃西柚糖，不喜欢吃饭，午餐总用一个汉堡解决。几乎每晚都会吃夜宵，他总说自己容易饿，却还是瘦得要死。

他总是嫌自己腿粗，可那小细腿，分明比女孩子都要细好几圈。想到这儿，她低头看了看自己的大粗腿，有些自卑。

那么，究竟是什么时候认识他的呢？他们俩并不同班呀！她仔细回想自己与他认识的过程。脑海里滤过一幅又一幅画面：前不久的篮球赛，被闺蜜拉去操场看比赛。只那么一眼，她就看见了穿着球衣出现在赛场上的他，闺蜜还在絮絮念叨着这是几班的某某某，篮球队的，好多女生追呢。不过她喜欢他倒不是因为他帅，只是觉得他长得比较阳光，笑起来很舒服。她开始心跳加速，两颊出现一抹潮红，露出几丝经过处理遮掩过的笑容；再之前呢？她听说他是通校生，于是每天晚自习后趴在窗台上目送着他离开，等他骑着单车出了车棚，便从教室里跑出去，站在校门口偷偷地看他。看他从裤兜里掏出卡，刷了一下，塞回去，然后再骑出校门。直至那一抹身影消失在昏黄的路灯后，她才心满意足地回寝室；最早见到他应该是军训的时候，在一群面无表情、僵硬的陌生面孔中，他一脸明媚地笑着，嘴角随即勾勒出一道好看的弧度，他清爽的笑成了盛夏酷暑中的一丝凉意。而自己，应该就是从那时候开始关注他的吧。

其实她后来才明白，所谓的喜欢，只是自己以为的喜欢。也有很多无谓的坚持，只是习惯而已。不过这习惯，好似罂粟，一旦碰上了，就很难戒掉。就连挣扎也无用，那是一块空旷的沼泽湿地，越挣扎，陷得越深。

得知他下午放学后会去打篮球，她便每天趴在球场边的看台上偷偷地看。夕阳投影下来，折射出些许深邃的光晕。他奔跑在篮球场上，一脸明媚地笑着，不时漫不经心地撩了撩上衣，全场女生尖叫。她捂住自己的眼睛，两颊绯红，匆匆跑开了。她边跑边笑，后来实在憋得难受，就蹲在地上捂着肚子笑。行人路过时纷纷投以惊异的眼神，她满不在乎地摆摆手，跑回操场。呵，青春的小姑娘啊，永远都不知道自己的行为有多疯狂，甚至不以为然。

乘彼诡垣，以望复关。不见复关，泣涕涟涟。既见复关，载笑载言。

自从喜欢上他后，她开始变得偷偷摸摸的。清晨溜进小树林里背书，掐好时间后捧着书往教室方向走，然后装作看书太专注而不小心撞到他。他身上的味道真好闻，她想。于是便把头埋进书里"咯咯"地笑；她认识他的单车，车棚里右边角落停着的一辆黑色的单车。偶尔一时兴起，在便条上匿名写下一两句清新的诗，贴在他的单车上；晚自习结束后，趴在教室窗口注视着外面，待他出现在校门口时，她蹲在地上大笑，像个疯子，不顾形象。他骑上单车，飞出她的世界，他的身影消失在了巷尾那抹昏晕的光圈中，她的泪水随即在眼眶中打转，那抹光晕变得模糊不清，朦胧了她的青春。

河两旁的杨柳树轻拂着枝条，划过水面，掀起层层波澜，带走了她的梦。水面波光粼粼，闪烁着那一道青春的情愫。

桑之未落，其叶沃若。

桑之落矣，其黄而陨。

　　她站在别墅的阳台上，凝视着远方的星。眸子中映着淡淡的忧伤。她干练地拢了拢耳边的碎发，脸上带着精致的妆容。双手环抱，神情庄重而哀愁。彼时她已三十出头了，有过一段失败的婚姻。前夫是个暴发户，离婚时给了她这栋别墅以及五百万的财产。离婚的原因是他爱上了一位 25 岁的清纯女孩。"呵！永远的 25 岁！"她自嘲。然而此时她却不可抑制地想起了 17 岁时爱过的那位少年，以及他明媚的笑。为什么他们最后没有结局呢？她问自己。于是她又回想起了过去的经历：她终究没有鼓起勇气表白，然后他们毕了业，各自去了不同的城市读大学，此生再无交集。

　　此生再无交集，多么苍白无力的结局。只是，这个结局，早已注定写在青春故事的结尾。就像每个人的一生中，都会有一本命运谱，上面记载着人的生老病死，结婚嫁娶。很多时候，这本命运谱的作者就是自己，可自己，却没有好好把握。

　　城市灯火阑珊，夜空下的男男女女们喝着速溶咖啡，谈着快餐式的恋爱。她怀念起了过去那段漫长的旧时光，巷尾那盏昏黄的路灯，以及那青涩的青春。她想：曾经的那位少年现在应该过得很幸福吧。他应该有了漂亮的妻子，乖巧的孩子，和一条可爱的大狗。

　　如果还能再遇见他，她一定会把这首诗念给他听：

记得早先年少时，

大家诚诚恳恳，

说一句是一句。

清早上火车站，

长街黑暗无行人。

卖豆浆的小店冒着热气，

从前的日色变得慢，

车，马，邮件都慢，

一生只够爱一个人。

从前的锁也好看，

钥匙精美有样子。

你锁了人家就懂了。

"一生只够，爱一个人。"她默念。

那些花儿

一

院子里的茉莉已经静置很久了。

宁茉从江辰希手中接过茉莉的幼苗后便把它随意栽进土里，再也没有过问过。倒是同院退休了的李爷爷很上心，隔三岔五地跑来帮忙浇水。

初夏，茉莉开了。淡黄色的花瓣缓缓舒开，凉风把清爽的花香揉进宁茉的呼吸。那些对茉莉不管不顾的日夜，统统都蒸发成了一个个梦魇。

江辰希，原来，一直以来，我们都离得那么近却又那么远。

二

宁茉依稀记得那天江辰希把茉莉幼苗递给她时说的话。江辰希说:"宁茉,我妈说过,茉莉只能送给最在乎的人,因为它的花语是'你是我的生命'。我想了很久,最后能确定的是,我喜欢你。"他说话的语调抑扬顿挫,使人无法抗拒。宁茉慌了,接过幼苗便匆匆跑开。

和江辰希的认识源于一个偶然,在学校时就常听说篮球队队长江辰希清俊帅气,篮球打得特棒。宁茉偷偷地想,这该是个什么样的男孩呢?

江辰希家离宁茉家不远,转个弯就到。他母亲是一个很富态、很有气质的女人,浑身上下透着股舒服劲,不自觉地使人觉得亲近。他们家经营着一家花店,宁茉去买过几次花,一来二去的,也就与江辰希母子熟络了起来。其实,他会注意到她并不奇怪。宁茉虽然长相平凡,但容貌清纯舒服,束着高高的马尾,很讨喜。况且,每次去花店都只买茉莉这么一种花。

江辰希给人的印象大概就是很暖。他的笑容很干净,好像全世界的阳光都聚集在他身上。就连他身上那件白衬衫沾上的污渍,似乎都是圣洁的光环。

很久,宁茉都有些无法相信,为什么是自己。

江辰希,为什么是我?

三

初夏的月光温柔地化作一摊,宁茉把头绳解下,长发散了下来,飞舞在这滩月光中,飘散着零星的光晕。她轻轻舀起一瓢水,流在发丝上,形成一道好看的水帘。她往手上挤了点茉莉味的洗

109

发水，抹在头皮上。淡黄色的泡沫和煦地飘着，光圈中折射出一瓣瓣茉莉。再舀起一瓢水，将头上的泡沫冲刷得干干净净，拿起毛巾随意擦了擦。散在双肩的湿发滴下碎碎的水珠，宁茉在这初夏的空气里有了种前所未有的解脱。

宁茉有个怪癖——遇上烦心事时就跑去洗头。

她散着头发往街道走去，不知不觉走到了转角的花店。江妈妈正在院子里修剪着花花草草，看到宁茉半干的头发，招呼她进屋，"哟——这孩子，头发怎么不吹干就出来了，感冒就坏事了。快，进来坐坐。"江妈妈用毛巾帮她擦了擦头发，拿出吹风机温柔地吹了起来。吹风机里吹出的风暖烘烘的，在初夏不但不显得燥热，反而有种舒心的感觉。"女孩子要学会自己照顾自己，凡事多留个心眼。"江妈妈说话的时候手指穿过宁茉的长发，从发丝根部绕至尾部，爱怜地看着她。"要是阿姨也有个像你一样的女儿就好了，真讨人喜欢。"

那夜，她做了一个很长很长的梦，梦见江妈妈成了她的母亲，在她洗完长发后的每个夜晚，爱抚地帮她吹头发。

梦醒之后，望着湿漉漉的枕巾，宁茉陷入了沉思。为什么这只是个梦？为什么不能是真的？

江辰希，如果有一天，我也可以成为你们的家人该多好。

可或许，我们永远都只能是两个世界的人。

四

宁茉成长在一个单亲家庭里，母亲早年与父亲离了婚，再也没回来过。她听奶奶说，母亲有了新的家庭，新的孩子，不会再管她了。从奶奶口中得知的一切，都是对母亲无止无休的责备。她懒得再打听下去，她怕，怕自己会开始恨母亲。

母亲，似乎成了上个世纪的事情，成为了历史的遗迹——宁茉一生中的奢侈品。她甚至不敢妄想。

于是，与母亲有关的记忆，也都成了博物馆里的档案，封存在湿漉漉的心底。

母亲说，她出生在初夏的夜晚，正是茉莉盛开时，清香饶满整个庭院，故取名"茉"。

她记得小时候，洗完头后，母亲会拿着吹风机，爱怜地帮她吹头发，从吹风机口吹出的风暖烘烘的，有种无法言喻的舒心。只是，母亲走后，她再帮自己吹头发，从吹风机口吹出的风却都是冰凉的，刺进她的脖子，尖锐出一道道冰碴。她不敢再吹头发。

可也许，母亲也有她自己的苦衷呢。江辰希，那么你说，我该恨她吗？

五

次日清晨，江辰希跑来告诉她，他要走了，去另一所城市念书。离别前，他郑重地交给她一束茉莉，"宁茉，我会一直记得你的。"

只是记得而已吗？其实，很多话都是出于无心的，所以我也不必当真吧。

青春本就是一部潦草的电影，刚走入主角的内心世界，却又被告知电影已接近落幕。

窗前打开着的笔记本里夹着几朵风干的茉莉花。她抬头看了看院子里被竖起的围墙，忽然明白了多年前母亲的逃离。

原来，人活到一定的年纪只会产生反抗心理的。原来，我一直是个束缚，包括母亲，甚至包括江辰希。

都走了。

江辰希，如果我说，我也喜欢你，喜欢了好久好久，那么你会为了我留下来吗？

知道吗？其实，早在很久以前，我就开始默默地关注你了。

六

在青春的结尾，我搭上了初恋的末班车。

那年夏天的风绵软无力，整个人迷迷糊糊的，甚至迷糊到不知不觉喜欢上你。

"你知道吗？听说高二（1）班的班长江辰希长得很帅，高高的，很阳光，还是篮球队队长呢！"

"是啊是啊，可帅了，要是是我男朋友该多好啊。"

关于你的消息都是从别人口中得出的，甚至记忆中的你，也只是活在别人的言语里。那么江辰希，你说我们有可能会相遇吗？

第一次见到你，是在校园篮球赛的时候，你穿着茶白的球衣，驰骋在赛场上的样子，像极了一匹骏马。比赛过后，你投以队友一记眼神，却烙印在我的心里。只那么一记，我就认定了你是我青春故事的男主角。

就像多月后我收到了你的表白那样，我无法接受，为什么是我？好像遇见你，就已经花光了我一生的运气。我又何必再奢求得到你的喜欢？

江辰希，你走吧，我想我不会再爱上一个人，像你一样。

后来我知道，青春里所有发生的故事都有个冗长的前奏和一个潦草的结局。就像我和你。

隆冬的时候，茉莉花枯了。

江辰希走了。

逆行

我们都很讨厌她。

我们都在用尽全力地排斥她，却也偷偷地羡慕着她，只是我们不说，只要我们不说破，这一切就都还可以维持现状。

她叫西可，一个逆行者。在青春的道路上逆行，渐行渐远，远到我们都看不到的天际。

西可是我的同班同学，刚入学时，她穿着一袭素色长裙，素颜，长发，仙气十足。西可长得好，五官精致，身材高挑，可以算是我们系的系花。她一进来，就在我们系掀起了波澜，更不乏外系男生专程跑来见她。因着她的缘故，我也算是见识过几场轰轰烈烈的表白，不过开始很美好，结局很悲惨，没有人能成功。

西可总是一个人，有副拒人于千里之外的冰山美人形象。有些渣男被西可拒绝的次数多了，因爱生恨，便在背后大骂西可"婊子"。系里多数人出于对西可的嫉妒，都在暗中骂她婊子，表面上却仍装作恭维她的样子。

系里有传言西可的父亲是个富商，她从小就被当成公主一样养，所以才会那么高傲，那么不可一世。这也是大家人前一套，背后一套的直接原因。

事实上如果故事一直按着这个套路走下去，按理说不会有太多的曲折。只是生活，终究是条蜿蜒的路。

就像所有烂成渣的青春小说一样，西可的人生，也不可避免地走上了这一固定的套路。而揭穿这一切的人，是我。

我发现了西可的秘密。

那是个冬夜，是我有记忆以来最寒冷的一个冬夜。和同寝室的女生一起约出门去吃火锅，顺便取取暖偷偷 Wifi。吃完火锅后，才七点多，有人提议：反正还早，不如我们去夜总会唱两首再回去吧。

"好啊好啊。"我们纷纷表示赞同。

事实上那时候我身边没有多少钱了，甚至已经预支完了下下星期的生活费，可是为了面子，我不得不答应。

我父母都是普通民工，没什么收入，上大学的钱也是借来的，父母一个月的收入给我寄了生活费后就所剩无几，我不知道他们是怎么生活的。我知道该为他们减轻负担，然而就是这可怕的虚荣心，使我再三忘记我的家庭情况，跟着那群城里孩子放纵。

我每次花钱都会装作毫不在意的样子，企图因此获得他人的另眼相看。有一天有个同学问我："阿芬，你爸爸是不是开公司的老总？"我笑了笑，不置可否。我知道，我成功了，我成功成为别人眼中的富二代。

然而越是这样，我越是惧怕。生怕一不小心就露出马脚，被人抓到把柄，成为耻笑的对象。

书上说，在人群中不被注意的最好方法就是随着人群嘲笑那些逆行者，是的，在这则故事里，我是人群中的一员，而西可，就是那个所谓的逆行者。

那天我们一行人去了夜总会，唱了两三首后我开始有了尿意，起身去往洗手间。

从洗手间回来时，我推开包厢的门，彻底惊住了，连忙道歉，然后关上门落荒而逃。

夜总会的每个包厢装修格调都很相似，再加上灯光暗沉，所以我走错了房间。在我走错的那间包厢里，我看到了一个长相剽悍的男子将一把水果刀贴在卖酒小妹的脸上，似乎在威胁她。事实上，真正使我惊住的不是这个场景，而是那个穿着性感的卖酒小妹是西可。

我确信我看清楚了，那个人的的确确就是西可。只是我怎么也想不到，她不是富家千金吗？怎么会在夜总会卖酒？

这么说，西可并不是所谓高贵的富商千金，而是个低贱的卖酒女。我想起她平时那副高傲的样子，不禁冷哼了一声，她有什么资格高傲？不过是个卖酒女。

"臭婊子。"我学着那些男生的样子狠狠地骂道。

然而我还是有些惴惴不安，我不知道我该替她保守秘密还是将这个秘密作为融入人群的资本。我甚至不知道为什么要这样骂她，或许是对她的出格嗤之以鼻，又或许是以此来证明自己的本分。

我鬼使神差地想先替她保守秘密，因为，我想看她过来找我，低三下四地恳求我不要将这个秘密说出去时那落魄的模样。

我自以为是地等待了好几天，却终究没有等来她。我想，是不是她当时没看见我？我要不要暗示一下她？

机会很快就来了，那天教室里的值日工作刚好排到我们俩，我故意磨磨蹭蹭不想干，她倒是雷厉风行，拿起扫把"唰唰唰"地扫了起来，似乎要赶时间。

我瞥了一眼她，问："赶时间呢？"

"嗯。"她没抬头，继续干着自己手头的事。

"我那天晚上看到你了。"我假装无关痛痒地"暗示"她。

"我知道。"她依旧轻描淡写。

她是不是以为我看着老实不会把事情说出去？难道她就这么信任我吗？我心里想。

"所以你很肯定我不会把事情说出去？"

"不是，因为我不在乎。"西可轻描淡写地说。

我忽然很羡慕她的坦荡，但也是这份坦荡，让我很嫉妒，我有了报复的欲念。

她是真的不在乎吗？她难道不知道这种事情传出去会对她声誉造成多大的损坏吗？为什么她可以这样无所谓？我有些嫉妒她，

我知道，我们太不一样了。

她很快地做好了手上的工作，然后起身离开。我也随后放下扫把，打算跟踪她。

我尾随她穿过几条拥挤的街道，然后我看见她停在了一家医院门口。我从未见过她如此颓废，她佝偻背，从包里拿出纸巾，擦了擦脸，然后又挺直身板进去了。

我继续尾随她，看见她进了一家病房，我没敢进去，而是停在原地，等她进去有一会儿后，才走近那间病房，踮起脚尖，透过门上的玻璃窥探里面的人。我看见她坐在床沿，帮一具干瘪的身体按摩，她是正脸对着门坐的，随后，我看见了她喷涌而出的泪水。而无论她如何落魄，面前的那具身体仍毫无反应，就像一具尸体。我看见她对着"尸体"喃喃自语，时而笑，时而哭。

我拿出手机，将这一幕拍了下来，然后匿名发到了校园论坛上。标题是：《富家女？NO！卖酒妹？YES！》配上刚刚拍的那张图片。帖子发出去没两分钟，就有人在下面评论：这不是我们系的系花西可吗？那高傲的样子，还真让人以为是富二代呢。原来不过是个卖酒妹。

很快，帖子底下的评论要炸了，我翻了一下，大致都是在骂西可装清高。曾经那些畏惧她家庭背景的人，现在纷纷都出来，站在所谓的道德最高点制裁西可。

我心里有了种报复成功的快感。

西可又红了，这一次，比刚入学那会儿名气更大了，不过不是因为外貌，而是她的身世。

然而，出乎我的意料，西可没有表现出过多的反常，依旧我行我素，不在乎其他人的质疑。我越发嫉妒她的这种心态，我本意是想看她跌落谷底的样子，没想到她还是在自己的世界里高高在上。

与此同时，我又有些内疚，毕竟，她从未和我有过冲突。而我，她所谓的同学，却在背后搞些小动作企图将她推向流言的风口浪尖。

我曾经在她不在的时候来过这间病房，是的，我进去了，我甚至学着她的样子帮那具身体按摩，可惜，身体的主人毫无反应。

不知不觉中，这间病房成为了我的心病，一有时间，我就会来这儿，学着她的样子对着"尸体"讲话。渐渐的，它成了我倾诉的地方。

说实话，我觉得我和西可很相像，可同时，我又觉得我们完全不一样。

我们都一样，家庭困窘。可我们又不一样，面对困境，我选择逃避，而她，勇敢地站出来，面对这些困境。况且我觉得，我比她幸运得多，我的父母一直是我的退路。西可的父亲却成了她的累赘。

我无节制地透支生活费的原因是：我知道我不会饿死的。因为我的父母，他们哪怕自己饿死，也会想办法，不让我挨饿。我知道，只要我一个电话打过去，我就能得到我想要的东西。

与此同时，我也在深深地内疚。我真的会在放纵的时候想起我的父母，也的的确确会心疼他们。可是，在面子与父母面前，我百般纠结，终是在现实的压迫下，选择了面子。

　　看到了那具"尸体"，我就好像看到我的父亲母亲，有那么一刻，我觉得，病房里躺着的，就是我的父亲母亲，而我，像他们身上的蛆虫，无节制地压榨他们本就干瘪的身体。

　　我如此频繁地来到这间病房，我知道，事情总有一天，会暴露在西可的面前。

　　那天中午，我依旧像从前那样跑来向"尸体"倾诉，在早晨，我刚给家里打了电话，说学校里要交资料费，父亲毫不犹豫地答应了，并嘱咐我别怕花钱，让自己吃好点。所有的情绪都被内疚与不安侵占着，说着说着，忘记了时间。

　　西可推开门后，看到我显然吃了一惊。

　　"抱歉。"我擦了擦眼泪，准备起身离开。

　　"中午留下来一起吃饭吧。"西可对我说。

　　"好。"

　　出乎意料，她没有问我出现在这儿的原因，只是很平静地把饭从保温盒里拿出来，放在桌子上招呼我吃。

　　我第一次觉得，西可一点也不像她们说得那样高冷，相反，她是个很平易近人的女孩。

　　我出现在这间病房，意味着我是知道事情前因后果的人，再加上那天晚上我在夜总会撞到她卖酒时被她发现，她一定知道了我就是那个发帖的人。

"对不起，西可。"我低着头内疚地说，"帖子是我发的，对不起，对不起，对不起……"

事实上，从发完帖子的那一刻我就后悔了。与其说这是在揭露西可的家庭背景，不如说是我内心经历的前所未有的纠结。我每天都活在愧疚与不安中。多少个深夜，我是被噩梦惊醒的，而后，再也难以入睡。我梦见那具"尸体"成了我的父亲，而西可用脚踩在"尸体"上，居高临下地看着我说："你个低贱的卖酒女。"

思绪从回忆中回到现实，西可抬起头来看我，她的眼睛很深邃，似乎可以一眼窥探到我的心底，"我知道。"她说，"没关系，我不在乎。"

"对不起，我真的觉得自己很可悲。"

"没事了，我知道你这样做自己心里远远比我要难受得多。"西可笑了，我第一次看她笑得那么坦然。

吃午饭时，西可对我说了她的经历。她父亲出了场车祸后就成了植物人，母亲跟别人跑了，留下她和父亲相依为命。父亲的医药费很高昂，凭西可的能力，根本负担不起。因为夜总会里卖酒赚得多，所以她去了。那天我看到她时，那个剽悍的男人想要包养她，她拒绝了，然后他架着刀威胁她，她还是拒绝了，好在那个男人没有深究，也就放了她。

我忽然很羡慕她，敢于面对现状，而不是像我一样选择附和大多数人所谓的正义来掩饰自己。

"我很羡慕你，真的。"我很坦诚地说。

"羡慕我？我有什么好羡慕的。"她苦笑。

"你很勇敢，他们的看法是错的。"我接着和她说了我的身世，"你知道吗？其实我根本不像表面上那样光鲜亮丽，我的父母，是民工，而我，为了所谓的虚荣一直在毫无节制地压榨他们。"

"我知道，我有次不小心撞见你给家里打电话，从语气上能推断你的家庭条件不是很好。"

原来她一直都知道，而她也一直在保护我的尊严。我忽然发现她就像是个带着圣洁光环的天使，在她旁边，我成了魔鬼撒旦。

"西可，谢谢你。"

从那以后，我们走得很近，我不再无度地压榨父母，开始变得节俭起来，远离了原来那群所谓的"朋友"。当然，和西可在一起给我带来了很多的麻烦，要知道，站在人群对立面的人们总没有那么好过，即使他们是对的，也要遭受人群的谩骂。

很快，学院里传出了关于我的风言风语，大致是我家庭贫困，父母都是农工，之前还假装是有钱人家的孩子。我很受伤，躲在操场的主席台下哭。

已是夜晚，风很大，呼呼地吹，脚边的荒草随着风摇摆，打在我的脚踝，痒痒的。可我不愿离开，我想起室友那嫌弃的眼神，想起在人群里的孤独感，想起众人的嘲笑谩骂，我忽然开始怀疑，自己所谓的正义，是否是对的，我是否该回归人群，随着他们站在道德的制高点。

"早说嘛，听她名字就知道是乡下来的，怎么可能是有钱人家的小孩。翠芬，翠芬，土爆了哈哈哈哈。"回寝室时，我听到我的名字从他人口中出来，不经任何加工。接着，寝室里传出一阵笑声，嘲讽、冰冷。明明还在夏天，我却感受到了刺骨的严寒。

本鼓起勇气回来面对现实的我再次跑了出去，我躲在校园的角落，像只肮脏的老鼠，"所以贫穷的人就有错对吗？就一定要接受别人的嘲笑对吗？"想着想着，我的眼泪如江流水涌般喷涌而出。

我颤抖着从兜里摸出手机，艰难地找出西可的号码，拨了出去。电话那端声音很杂，听得出来，她在夜总会。

"怎么了？"她的声音软软的，却给人一种依靠感。

听到了她的声音，我大声哭了出来，哽咽着说："你现在有空吗？"

"嗯……我看看。等我十分钟好吗？"

"嗯嗯。"我挂了电话，躲在草堆里放声哭了出来。声音越哭越响。朦胧中，我听到脚步声，我以为是西可，可我并没有告诉她我在哪里呀，况且这阵脚步声很沉重，应该不会是女生的。

"拿去。"很好听的男声。

我接过他手里的纸巾，淡淡的茉莉香，很清爽。我狼狈地把眼泪擦干净，然后抬起头看他。很清新的男生，五官精致，眉头微皱。

"谢谢。"

他没有再理会我，走了。

这时电话响了，来电显示是西可。

"阿芬？"

"嗯？"

"你在哪？"

我告诉她我所在的位置，然后静静等待西可。等待的期间，我想起了刚刚的那个男生，面色潮红了起来。心跳突然间飞快加速，不可抑制地迸发着些许青春的情愫。

"发什么呆呢你？"西可用手在我眼前晃了晃，我抬起头看她，她今天化着浓厚的妆，身上有股廉价香水的味道。我真的一点也不喜欢她这样，我喜欢她平时素颜，穿着长裙捧着书的清新感。

"你来了？"

"还没来得及卸妆。"她好像感受到了我的目光，"你怎么了？"

"西可，告诉我，怎么才能做到和你一样坚强？"我哭着说，"我一直以来，都很努力，很努力地想着去讨好大家，我很想融入人群。关于我最近的改变，我觉得自己是对的，可是为什么会这样？"

"阿芬，你要知道，每个人生来不是为了讨好别人的，而是为了取悦自己。你问问自己，你这样做是不是对得起家人，对得起自己。如果答案是肯定的，你就成功了。何必勉强自己与过去错误的那个自己对比？"西可轻轻拍了拍我的背。

"道理我都懂，可我还是做不到像你一样坦荡。"

"我的坦荡是因为我不在乎。我告诉自己，我就是这样的人，除了这样做我找不出更好的选择，我又为什么要接受别人的指手画脚。"

我仔细想了想西可的话，发现她实在太棒了。我觉得心里好受了很多，再加上晚上遇见的心动男生，我忽然觉得人生又充满了希望。

和西可道了"晚安"后，我坦然走回寝室，晚风吹过，凉凉的，很清爽。

躺在床上，我不停回想着晚上那男孩的模样，最后绝望地发现，他的面容，在我脑海中模糊不清。

再次见到他，是在第二天中午的食堂里，他一个人坐在餐厅角落吃饭，举止优雅得体。我走上前去，对他说："昨天谢谢啊。"

他抬起头看我，从他的表情中我可以看出他很疑惑，"昨天？什么事？"

"昨天晚上的纸巾。"我微微低头，有些尴尬。同时，又陷入深深的失落，原来，他早已把我忘了。

"哦。"他轻描淡写地说。

我忽然很难过，原来一切都只是我的自作多情。是啊，我只是个卑微的民工子女，没有显赫的家室，没有出色的容貌，一切都是那样的平凡无奇。

我一个人坐在另一边角落，默默地吃着午餐。有人将餐盘放到了我的对面，我闭着眼，偷偷许愿餐盘是那个男生的。

"阿芬，我发现你最近很会发呆啊，说！是不是你的春天到了？"西可的声音，我不由有些失望。

"没有啊，我在想事情。"我撒了个谎。

"好吧，反正总会被我抓到的。"她一脸八卦，我感觉，只有在这个时候，她才能褪去她承受的那一面，像个少女一样陪着我花痴。

"西可，你说，穷人有资格拥有爱情吗？"我问她。

"你脑子都想些什么呢！无论贫富贵贱，都可以拥有爱情。"她说这句话时一脸畅想，很期待的样子。

"如果你遇到一个你喜欢的男生，可是你们之间各方面都差得很大，你觉得你与他之间有条无法逾越的鸿沟，那么你还会继续坚持吗？"我用筷子夹了根菜，放在眼前盯了很久，而后又将它放回盘子里，用手托着脑袋，惆怅地问她。

"我不会。"她回答得很坚决，"我觉得爱情的前提是平等，就像玩跷跷板那样，如果失去了这个前提，两个人之间注定不能拥有平衡的关系，总有一方会被另一方左右。到时候只会两败俱伤，弄得大家都很累。与其最后狼狈地退出，还不如在没开始前就高贵地结束。"

她说这话时，我瞥了瞥另一边的少年，他是那样的安静美好，美好到我觉得我的出现是他的人生污点。

西可顺着我眼神的方向往那边看了过去，我慌乱地收回眼神。

"他？"西可问我。

"什么他？"我装作听不懂她的意思。

"没什么。"西可不再说话

我们尽自己最快的速度吃完后便匆匆赶往教室自习，教室里没什么人，只有几个一心向学的学霸，我和西可走到教室的最后排安心看起书来。往常，这个时间我和朋友们还在外面吃饭，吃完过后可能还会恋恋不舍再去买点甜点犒劳自己。

想起以前那些荒唐的生活，再与如今的充实相比，我异常坚定地觉得我的选择是对的。

毕竟颓废太久了，一下子还做不到全神贯注地投入，我看着看着就走了神，眼神漫无目的地四处游荡。我瞥见靠近过道的那扇窗子旁出现一个人影，是他。他朝我勾了勾手，示意我出去，我的面色开始变得潮红，心跳不停地加速。我在原地理了理头发，整理好心跳，然后出去找他。

我低着头，不敢抬头看他，暗自偷笑。

"给西可。"说话的时候，他已经将手中的东西递过来了。

"啊？什么？"我还没反应过来，愣在原地迟迟没有伸手去接。

"我是说，麻烦你把这份东西转交给西可。"他依旧面无表情地重复着。

"哦，好。"我接过他手里的东西，是份用牛皮纸包起来的文件，有种神秘莫测的感觉。

"西可就在里面，要不要我叫她出来？"我问他。

"不用，她太认真了，不忍心打扰。"少年毫无防备地笑了，他笑的时候露出两颗洁白的小虎牙，张狂可爱，像极了初恋时害羞的小男生。

我低着头走回教室，心里很难过，又是西可的追求者吗？为什么偏要是他？他是我第一个如此心动的男生，怎么会这样？

回到位置上时，我拿手肘戳了戳西可。

"啊？怎么了？"她显然还沉迷在学习中无法自拔。

"喏——给你。"我将牛皮袋递给她。

她拿起来看了看,问我:"谁给的?"

"中午的那个男生。"

"哦,他啊。"

"你们认识?"

"嗯。"

"那你为什么不告诉我?"我有些愤怒。

"哼——现在怪我喽,中午我问你的时候你那小眼神可是很无辜的呢?"西可故意逗我。

"哎——早知道你和他认识我就不装了嘛。"我用手遮住了脸,"你和他什么关系啊?"

"追求者?男朋友?未婚夫?"西可说。

"啊?唉——"我长叹了口气,说实话,他喜欢西可一点也不奇怪,毕竟西可长得漂亮,人又好,成绩还棒。只是我没想到,他们已经进展到这步了。

"骗你的啦!瞧你这沮丧的样子。我和他啊,就是很好的朋友而已。"西可被我的样子逗笑了,捂着肚子夸张地笑。

"你和他怎么认识的啊?"

"高中同学。"西可挑了挑眉,放下手中的书,看向我,很认真地对我说,"阿芬啊,你要真喜欢的话我帮你追吧。王璨人不错的,很干净的男生,关键是,没谈过恋爱哦。"

"谁说喜欢他啦。"我不理会西可,看书去了。

她自讨没趣,也拿起书认真看起来。

下午放学后，我和西可去了医院。伯父还是老样子，身体僵硬，像具尸体。我和西可轮流着给他按摩，我不知道是怎样的信念支持着她一直不放弃，即使再苦也要医好父亲。

"你知道吗？我父亲真的是全世界最伟大的父亲。"西可忽然开口。

"嗯？怎么说。"

"想知道我父亲是怎么出车祸的吗？"西可忽然哽咽了。

"你说吧，我听着。"

"我父亲是个很优秀的工程师，他很爱我，为了让我有更好的生活，他一直都很拼命地工作，经常熬夜到凌晨。我7岁那年，有次高烧到四十度，住了院。还记得那是个深夜，已经很晚了，我忽然醒来，吵着闹着要吃羊肉串，母亲呵斥我，父亲却劝住母亲，然后告诉我只要我听话，不哭，他就帮我买羊肉串。我照做了，父亲也很信守承诺出门帮我买羊肉串，听说他在附近找遍了都没有找到，为了不让我失望，他又跑到城市的另一头去找，终于买到了。当他带着买好的羊肉串回来找我时，遇上了飙车的富二代，肇事者赔了点钱后草草了案。"西可说着说着，泪流满面。

我四处找纸巾，这时，病房的门被推开了，我看见王璨走了进来。他一言不发地走到西可身边，从兜里掏出手帕帮她把眼泪擦干净，然后把她的头往自己肩上揽，拍着西可的肩膀说："好了好了，不哭了哦。都过去了，没事了。我在这儿呢。"他语气异常温柔，像是在哄小孩子一样，西可彻底褪去伪装，抱着王璨大哭了起来。

我知道，只有在自己最亲近的人面前，才可以毫无伪装。一直以来，西可给我的印象都是一个非常坚强、非常勇敢的女孩，只有在王璨面前，她才能像个小孩一样，哭得那样毫无防备。我知道，在这场游戏里，我必输无疑。就像西可曾经说过的那样：与其最后狼狈地退出，还不如在没开始前就高贵地结束。

我不想打扰他们，就先出去了，坐在医院走廊旁的凳子上等他们。我的脑海里不停地重复着王璨看西可时那爱怜的眼神，还有他温柔的语气。若不是亲眼所见，我是万万不敢相信的。王璨看我时永远是一副面无表情的样子，以及他对我说话的语气，永远是冷冰冰的。我忽然发了疯地嫉妒西可。

大约过了半个小时，王璨搂着西可出来了，西可还很虚弱，几乎是瘫在王璨身上的，我上前扶住她，对王璨说："我来吧。"他点点头，然后松开了手。

到了大门口后，王璨表示自己开车来的，要送我们回去。他的车是红色的法拉利，张扬，一点也不像他的风格。

他把西可扶上车，然后才坐到驾驶座。我忽然发觉，王璨真的是那种我超喜欢的类型，外冷内热，对其他人都很冷漠，只有对自己在乎的人才会展现出温柔的那一面。可是，他暖的不是我啊。我拼命让自己忘掉这种想法，告诉自己，西可是我的朋友，我应该祝福她。

"你们去哪？"王璨问我们。

"你送阿芬回家，我前面那个十字路口下就好。"西可说。

"你去哪？我送你去。"王璨这话显然是在问西可。

"我晚上还要上班，你先送阿芬回家吧，我自己坐公车去。"

"你都这样了还上班！"听得出来王璨的语气很激动，有点愤怒的意味，"又去夜总会吗？你很缺钱？"

"是，我缺钱。"

"没有钱你可以问我要啊，西可，你就宁可作践自己也不愿意向我低头吗？"王璨的语气很奇怪，像是……吃醋了。

"我不觉得我靠劳动挣钱是在作践自己。如果你认为我贱的话我现在就可以走，免得脏了你的车。"

"对不起，你知道我不是那个意思。"王璨意识到自己的话有点过火。"阿芬，你家在哪？我先送你回去。"

我迅速报了一个地址，却被西可打断，"你只需要送阿芬回去，我走了。"她下了车。我不知道该继续坐在车上还是下车追西可。王璨迅速甩门而去，我也随他下了车。

"西可，你知道你这样阿姨会有多伤心吗？"王璨抓着西可的手臂问她。

"她伤心？她只是为了在我身上寻找作为母亲的成就感罢了。"西可冷笑，"这么多年了，她有考虑过我的感受吗？"

"但她毕竟是你妈妈。你真的不用这样，钱的事情阿姨会解决的。"王璨很认真地看着西可。

"用你爸的钱去治我爸？王璨，别搞笑了好吗？"西可很生气，"我跟你是好朋友，那是我觉得你人品好，可这不代表我原谅她了。"西可说完这句话后就跑走了，王璨没有再追上去。

"走吧，我送你回家。"他转过头来对我说。

我坐上王璨的车，车内只有我们两个人，气氛异常尴尬。为了缓解尴尬，我把头扭到窗户那头，装作在看风景。心里却乱乱的，一直在想着他们刚刚的对话。

"在想刚刚的事？"王璨难得主动开口问我。

"嗯，说实话，我现在还没搞懂你们的关系。"我如实说。

"看来她没告诉你。"王璨苦笑了一卜，"她的母亲是我后妈。"

"你们不是高中同学吗？"我记忆中西可是这样跟我解释他们之间的关系的。

"是高中同学啊，不然她怎么会发现她妈妈是我后妈的。"王璨说得很坦然。

之后他又跟我说了些具体的过程。我大致了解他们之间复杂的关系了。西可的母亲抛弃他们之后，遇见了王璨的父亲。王璨的母亲在生下王璨后就去世了，而西可的母亲又和王璨的母亲有些神似，王璨的父亲为了转移悲伤，就爱上了西可的母亲。王璨的父亲是个富商，这也正是西可母亲所期待的生活，所以，他们在一起了。

晚上西可下班后，我又联系了她。她一脸疲惫地站在我面前，我看着她，有些心疼，尤其是在知道了她悲惨身世的情况下。

"今天很累了？"我问她。

"还好，怎么了？"她强撑着说。

"西可，下午……王璨都和我说了。"我小心翼翼地说。

"你都知道了？"

"嗯。只是我还是不明白，你妈妈是怎么找到你的？"

那天晚上，西可跟我说了埋在她心里多年的故事。

西可高中时和王璨同班，两人还是同桌，开家长会时，西可的母亲看到了西可的名字，心里有些触动。

王璨的父亲很爱王璨，所以一直不肯再要小孩。女人毕竟是女人，总想有个自己的孩子，西可的母亲如今再见到西可，内心难免有些波动。

开完家长会，西可的母亲在门口的孩子里寻找，最终发现角落里的西可。很漂亮的一个姑娘，五官精致，身材高挑，就连脸上那冷漠淡然的神情，都像极了年轻时的自己。

"是西可吗？"女人走上前去问。

"你是？"西可抬头看了看眼前的这个女人。贵妇气质十足，高档的衣服，化着精致的妆容，戴着一看就价值不菲的珠宝首饰，西可不知道为什么这个人会认识自己。

"方便出来聊聊吗？"女人微笑着问她。

"好。"西可鬼使神差地答应了。

女人拉着西可走出去，王璨看到他们后跑来问女人："你带她去哪里？"

"璨璨你先待这儿等我，我带着西可出去喝杯咖啡聊聊天，这孩子很合我眼缘。"

王璨没有理会她，抱着篮球往球场跑。

西可心想，王璨的母亲找自己什么事？她不会误会自己和王璨在一起了吧？然后跟无数豪门故事一样拿着支票威胁自己离开？她脑洞大开，一路上都在想。

女人在学校附近找了家咖啡店，给自己和西可分别点了咖啡和甜品。

"可可，你还记得我吗？"

"您是王璨的妈妈对吗？如果没有记错的话，我应该没见过你。"

"是的，我是王璨的妈妈，但是是后妈。"

"哦。"

"可可，我是你妈妈啊。"

西可瞬间像被雷击中一样，待在原地，迟迟不知道该做何反应。

"对不起，可可。妈妈现在补偿你好吗？"

西可不知道该说些什么，泪水在眼眶里不断滚动，一点点集满，然后溢了出来。

"可可，妈妈很想你。"

"不是的，你不是我妈妈。你是王璨的妈妈，我妈妈死了，从爸爸出车祸的那时候开始，我妈妈就死了。"西可歇斯底里地喊着。

"可可，你冷静点。我真的是妈妈。当初是我对不起你们。这样，我会负担你爸爸所有的医疗费，并且请护工照顾他，以后，你就跟着我一起生活，好吗？"女人的声音那样温柔，西可的心下意识地松动了一下。

"我还要照顾我爸。我不认识你，今天的话我会忘干净的，以后你还是王璨的妈妈，和我没有关系。"西可想起母亲曾经做的一切，忽然很恨她。说完这句话，西可就头也不回地走了。

"后来呢？她还找过你吗？"我问西可。

"找过两三次，我都拒绝了。"西可又变成一副刀枪不入的样子。

时间不早了，我和她互道"晚安"后就回去睡觉了。

我和西可算是学校里的两个风云人物，大家很自然地给我们贴上"出格"的标签。事实上他们所谓的"出格"只是因为我们穷而已。

不过这个境地很快有了改善。

王璨告诉了西可的妈妈西可在学校的状况，毕竟是母亲，总是心疼自己的孩子的，再加上对西可的亏欠，她决定以西可家长的名义为学校捐赠一栋教学楼。事情传出后，全校都沸腾了。西可还是一副漠不关心的样子，对于她来说，一切事情都变得无所谓了，她不在意别人的目光，只求问心无愧。

那些曾经嘲讽过她的人纷纷前来巴结她，大家把一切的错都归结在发帖者身上。"就说嘛，西可肯定是富二代啊，看她那气势，哪个穷人家的孩子能做得到啊。之前那个发帖子的人太没素质了，就是见不得西可好。"

"就是就是，我早说了嘛，那张照片上的人根本就不像西可啊。她哪有西可漂亮啊。"

这时学校里的声音已经完全不一样了，甚至有人为了巴结西可去扒那个发帖的人。很快，事情所谓的真相水落石出。

他们扒出了我，然后自己编造了一个所谓的事实：作为西可小跟班的我嫉妒西可，于是在暗地里捅她一刀，如今事实已水落石出，不少人等着看我的笑话。

可是我和西可依旧亲密，这点让流言不攻自破。大家在恭维西可的同时也在恭维我。多可笑。

最终终止这一闹剧的人是西可，她主动出来辟谣，承认自己就是在夜总会卖酒，自己是个贫困生，希望外界不要再猜测她的身世。

我问西可："感觉怎么样？"

"太爽了。"她说，"像是甩掉了一个很沉重的包袱。"

"那王璨呢？你打算怎么办？"我问她，"别给我装傻，他看你的眼神很不一样，绝对喜欢你。"我一副捉奸在床的架势。

"我和他就像两颗遥遥相望的星星，我们之间，隔着条银河。况且我之前说过的，与其最后狼狈地退出，还不如在没开始前就高贵地结束。"西可说，"阿芬，如果你喜欢的话我觉得你可以尝试一下。我真心觉得你和王璨挺合适的。"

"算了，我知道我高攀不起的。"

西可叹了口气，转向我说："其实爱情里没有高低贵贱这一说。你可别受我影响。"

我草草将这个话题结束，转向其他话题。

我们安然无恙地度过了之后两年的时光，我和王璨之间还是老样子，没有过多的交集，只当是生命中的一个路人甲吧。

西可的父亲在我们大三那年感染了肺炎，然后不幸去世了。事实上我觉得，这是对西可的一种解脱，可能也是她父亲冥冥之中给女儿最后的疼爱。

西可父亲葬礼的那天，她母亲也来了。她母亲哭了很久，那天，西可真真正正地原谅了她。但她还是没有搬去王璨家生活，用她的话来说，就是不愿意寄人篱下。

父亲去世后，西可成功入职一家外企，担任翻译，据说薪水很丰厚。工作了两年后，西可遇到了她生命中的 Mr.Right——她新调来的上司 Tom，两人陷入爱河，一年内就结婚了。现在呢？他们有了一个可爱的混血宝宝。好姑娘总算有了个完美的归宿。

王璨毕业后接他父亲的班，先去自家公司磨砺几年。西可结婚的前一天，他把我约出来喝酒。他絮絮叨叨说了很多他们高中时期的事，他说在他 17 岁的那年，他就已经笃定此生非西可不娶，但这么多年了，他一直没告诉西可自己的心意，只是以朋友的方式伴她左右。他知道，西可接受不了他的家庭，所以他不勉强她，默默在旁边守护她，直至他的公主找到王子。

离别前，我吻了吻喝得烂醉的王璨，在他耳边轻声说："再见了，少年。"然后将他塞进了出租车。

出租车带着他，行色匆匆地驶往另一个方向。

我一个人行走在阑珊的夜色里，看着这座熟悉的城市一点点变得陌生。然后在西可举行完婚礼的那天，我辞了职，回到北方我家乡的那座小城，开始新的人生。

回想这一切时，我发现记忆变得那么熟悉又那么陌生。我们总是在清晨匆匆奔向终点而后又在黄昏时刻落魄地回到起点。我们总是逆行在青春的道路上，南辕北辙般的，渐行渐远。

那么再见了，少年。

再见了，我的青春。

秦淮以南

仲夏时节，乔南遇见了秦淮。

乔南妈妈在秦淮的学校里开了一家便利店。乔南也是在那家便利店里，第一次见到了秦淮。

高考结束后的那个暑假，乔南有一大堆的时间无处打发，便去了乔妈妈的便利店帮忙。乔妈妈的便利店开在一所贵族学校里，里面的学生非富即贵，因此生意不错，基本能混个小康水平。

说是帮忙，可乔南分明是在"帮"乔妈妈吃东西而不是卖东西。她没事就在货架旁晃来晃去，拿点东西吃。乔妈妈实在忍无可忍，便对她吼道："乔南，快回休息室看会儿书，晃来晃去的烦死了。"

乔南可不想整天闷在休息室里，她厚着脸皮对乔妈妈说："妈，我这不先补充体力再帮您嘛，好啦好啦，您休息去吧，我来帮您收银。"说着，晃着长腿走向收银台。

乔妈妈无可奈何地摇摇头，转身去货架上收拾东西。

秦淮是在午餐期间来到便利店的，临近期末，法学系学生有一大堆的知识要点要记，常常忙得没时间吃饭。所以秦淮的午餐通常是在便利店解决的。

早在早自习时，张尉然就神秘兮兮地把头凑过来对秦淮说："哎，秦淮，你知道不，便利店来了个临时工，那清纯得，跟仙女一样。"

"得了吧你小子，都快期末考了，还整天游手好闲的。到时候要补考，可别把我拖下水给你熬夜补习。"

张尉然被说得讪讪的，自讨没趣，转回去复习。

虽然秦淮已经有了心理准备，但看到乔南时，他还是震惊了。真的是很清纯、很阳光、很活力的那种女生，让人联想到初冬早晨的太阳，暖暖的，很幸福。乔南穿着一身白色连衣运动裙，配上一双 adidas 贝壳头粉尾，活泼可爱。

秦淮在收银台付钱时，盯着乔南的眼睛出了神，她的眼睛不算很大，却闪闪放光，像是夏夜里的北极星。秦淮仿佛觉得自己正在森林里，她是一头麋鹿，东奔西跑，而自己本该是她的猎人，却迟迟狠不下心来动手，反倒成了她的追随者。

"那个，同学，一共是十一块五毛。"乔南的声音很甜，见秦淮迟迟没反应，用手在他眼前晃了晃。

"噢，不好意思，多少钱来着？"

"十一块五毛。"乔南说完后朝他甜甜地笑了。

秦淮掏出钱，将钱递给乔南，指尖触碰到乔南的掌心，他跟触了电一样呆住了，随后问她："那个……你，叫什么？"

"嗯？乔南。"

"我秦淮。"

"噢。"

秦淮怕她把自己当成那种爱到处勾搭漂亮女孩的人，也就没再说下去，离开小卖部回了教室。

秦淮回教室的时候，张尉然已经在那里。见秦淮回来，凑过头来贱兮兮地问他："怎么样？漂亮不？"

"你说谁？"秦淮故意装傻。

"你自己心里清楚。"

"还行，没注意。"

"得了，演得还挺像，消息早就传回来了，说你还问她名字了。"

"听谁乱说的？"

"听说我们的小公主之希都气炸了。"张尉然慢悠悠地说，"所以之希追了你那么久你都没感觉？现在对那小仙女动心了？看来以后西斯蒂会流传一段佳话：冰山校草秦淮拒绝系花许之希，便利店清纯女临时工俘获其芳心。"

"张尉然，我看你是真的想补考对吧。"

"行！行！行！你这八卦我可不敢打听了。"

乔南没过多久就在学校出了名。几乎全校人都知道便利店来了个漂亮的临时工，不乏有人去便利店只为看她一眼。乔妈妈有点担心女儿，"南南，要不你先回家吧。妈妈这儿不用你帮忙了。"

"妈，你别管他们，我不理就好了。好不容易有空，我想帮帮你。"

乔南就这样留了下来。

傍晚，乔南一个人行走在学校的林荫小道上，加上人又高又瘦，背影看上去孤独又落寞。秦淮从教学楼下来时，刚好撞见这一幕。

他尾随着乔南的脚步，顺着她的轨迹行走，想想又觉得这样跟踪别人不太好，就走上前去叫住她："乔南！乔南！"

乔南听见有人喊她，觉得有些奇怪，自己在这个学校并不认识什么人啊。转身一看，一个穿着白T恤的男孩子站在离自己几米远的地方，待他走近后，乔南才打量起他的眉眼。高挺的鼻子、性感的嘴唇，棱角分明的样子让乔南有些心动。秦淮有一米八三，乔南看他得仰着头看，看得久了，觉得脖子好酸。

"看够了？"秦淮饶有兴趣地问她。

"自恋。话说你怎么知道我叫什么啊？"

"我上次问过你。"

"这样啊……我都忘了。"乔南不好意思地挠了挠头。

"我叫秦淮，秦岭淮河的秦淮。"

"嗯，我记住了。"

两人并肩漫步在西斯蒂国际学院的校园内，秦淮问乔南怎么在便利店工作，乔南说便利店是她妈妈开的，她只是暑假来帮忙。

"暑假放得那么早？"

"嗯，高中毕业了。"

"想上什么学校？"

"看分数吧，分数能上哪就上哪。"

"有想过来西斯蒂吗？"

"我……哈哈，西斯蒂太贵了，像我这种平民家的孩子可上不起。"乔南笑着说。

秦淮忽然认真了起来，"我可以帮你申请学费减半。"

"嗯？真的吗？"

"真的，相信我。"秦淮盯着乔南的眼睛，认真地说。

乔南点点头。

不知不觉两人走到了便利店门口，乔妈妈正在便利店门口洗拖把，看到乔南和秦淮并肩走来，有些紧张，眼睛直勾勾地盯着秦淮。

秦淮感受到了异样的眼光，抬起头，撞上乔妈妈的一记眼神，他朝乔妈妈笑了笑，"阿姨好。"乔妈妈放下手头的事，也朝秦淮笑了笑。

"那，我先回去帮忙了。"乔南说。

"好，记得考虑一下那件事。"

"好的拜拜。"乔南朝他挥了挥手，回了便利店。

秦淮前脚刚走，乔妈妈就把乔南拉进休息室，问她："刚刚那个男孩子是谁？"

"他是这个学校法学系的。"

"你怎么认识的？"

"散步的时候遇上的。"

"南南，妈妈希望你不要招惹他们，你也知道，能读这个学校的人，家世都不简单，我们小家小户的，妈妈只希望你以后嫁个疼你的人。"

"妈，你在想什么啊！我和他才刚认识，只是萍水相逢的朋友而已。"

"嗯，那就好。"乔妈妈还是有些不放心，"对了，他刚刚让你考虑什么事？"

"他说如果我想读西斯蒂的话可以帮我申请学费减半。"乔南告诉乔妈妈，"可是即使减半了还是好贵的，要不还是算了。"

乔妈妈正愁乔南的大学没着落，听到这则消息一颗悬着的心也就落了下来，其实以前乔妈妈也不是没想过让乔南读西斯蒂，可是一来学费实在太贵，不是平常人家可以负担得起的，二来这所学校的分数线也不低，其实最让乔妈妈担心的还有一个，就是这所学校的学生非富即贵，乔妈妈很担心乔南在这儿会让人瞧不起。

"南南，你怎么想的？"乔妈妈思索再三，还是觉得应该征求乔南的意见。

"妈，我想读西斯蒂。"

"好，不过这也要等高考分数出来先。"

第二天一早，乔南在收银的时候听到几个女生在一旁嘀咕，"你们知道吗？这个便利店小妹不是什么临时工，是便利店阿姨的女儿。"

"天哪，怪不得跟阿姨那么亲密。"

"哼，这有什么，我还听说她昨天和秦淮一起在小树林漫步呢！才刚来没多久，竟然勾搭上了我们法学系大才子秦淮，一看就知道是个小妖精。"

女生们七嘴八舌地议论着，乔南一字不落地听到了，乔南向来有话直说，不喜欢把气憋在心里，她走上前去对她们说："第一有话当我面说，在背后这样议论算什么？第二请你们不要捏造事实，我和秦淮昨天只是在说件事。第三我不觉得你们有资格议论我的是非。"

女生中为首的那个站了出来，居高临下地看着乔南，轻蔑地"哼"了一声，然后说："你叫乔南是吧？"

乔南不甘示弱，"是，怎么了？"说完打量起那个女生来，五官妆容都很精致，唇如桃花，YSL圆管13号的口红，高挑迷人的身段，穿着西斯蒂的制服，脚蹬一双Channel渔夫鞋，背着Dior的包，贵族气派十足。

"做人要搞清楚自己的地位。"女生留下这么一句话后就扬长而去了。

"果然，一看就知道是个被宠坏的公主。"乔南想着，也没多在意，就去做事了。

"乔南，你在吗？"已经是上课时间了，乔南在仓库里整理东西时听到有人喊她。

"在的，哪位？"

"我，张尉然。"

乔南从仓库里出来，看见张尉然站在门口，有些疑惑，"你好，我好像并不认识你。"

"我认识你就够了。"张尉然邪魅一笑。

眼前这个男生高大帅气，很阳光，但却有股花花公子的不羁感，乔南不知道他来找自己什么事，也就没说话了。

"哎，别紧张嘛。万一我把你吓坏了到时候秦淮可要生我气了。我是秦淮的哥们，张尉然。"

"你好，你有什么事吗？"

"对，我来想告诉你，秦淮帮你申请了西斯蒂的学费减免，说是校领导已经批准了，基本上是减半，如果成绩优越的话全免。"张尉然看着乔南，一副"我什么都懂"的样子。

"嗯，那真是太感谢他了。麻烦你帮我和他说句谢谢。"

"好的。"

"现在不是上课时间吗？"

"噢，我们这节体育课。秦淮在打篮球，一起去看吗？"

"不了不了，我还要看店。"乔南连忙摆手。

乔妈妈听到了方才二人的谈话，从便利店里走出来，"实在是太谢谢了，我们乔南总算有了着落。"

"哈哈，阿姨您这哪里的话，我不过是个跑腿送话的，要感谢的话您感谢秦淮吧。"张尉然笑着说，"那没什么事的话我就先走了哈。"

"哎，等等。"乔妈妈从冰箱里拿出瓶饮料递给张尉然，"这么热的天，喝点水解解渴。"

"好，谢谢阿姨，那我先走了啊！"

"嗯，你走好。"

"乔南，秦淮和你到底什么关系，这么帮着你。"

"妈，你又来了。"乔南捂着耳朵，走进便利店里。

张蔚然拿着饮料跑到篮球场，秦淮刚好结束一场比赛，下了赛场。

张蔚然得意地跑到秦淮面前晃了晃手里的饮料，秦淮白了他一眼，"不就一瓶饮料嘛，嘚瑟什么啊。说，哪个女生给你送的啊。"

"是啊，不就一瓶饮料嘛。我是没什么人给我送过饮料，哪像你，天天一堆小粉丝抢着给你送。不过今天倒真有人给我送。"

"谁啊，给哥们说说，要不要哥们帮你追？"

"说话算话。"张蔚然和秦淮击了个掌。

"好啦，快说谁给你送的？"

"乔南啊。刚刚路过便利店，她看到我就跑来给我送了饮料，还说什么这么热的天，让我喝瓶饮料解解渴。"张蔚然挑了挑眉。

"你！饮料给我。"秦淮伸手去抢。

张蔚然早就料到秦淮会这样，提前做好准备，将饮料举起来。

"张蔚然！警告你，把饮料还我。"

"哟——什么叫'还'啊。这明明就是人家小仙女送我的。"

"你跟人家认识嘛你，就送不送的。"

"不信你去问她啊。"

秦淮这下真的拿他没办法了。

吃过晚餐，秦淮刚从食堂出来就感觉后背被人拍了一下，转身一看发现乔南笑嘻嘻地看着他。乔南的笑容很甜、很暖，他彻底被打动了，也朝她温润一笑。

　　"秦淮，谢谢你。"

　　"嗯？"

　　"下午张尉然都跟我说了。嘿嘿，真的很谢谢啊。"

　　秦淮这才知道为什么张尉然会说乔南给他送饮料喝了，他释然地笑了。他发现不知不觉中，自己的情绪已经完全被乔南掌控，会因着她的欢喜而欢喜，因着她的忧虑而忧虑，更要命的是，自己竟然会因为眼前这个小丫头吃醋。

　　"没事，举手之劳。"

　　"要不，我请你喝酸奶？"

　　"好啊哈哈。"

　　乔南和秦淮走到便利店门口，她走进去，出来的时候手里多了两瓶桑葚味的酸奶。

　　"呐——给你。"

　　秦淮打开袋子，用勺子舀了一口，很清爽的味道，香甜中带有一丝淡淡的酸涩，像极了青春的味道。秦淮看着眼前的乔南，白色的乳液沾了嘴唇一圈，他俯下身来帮她擦拭干净。乔南怔了怔，往后退了一步。

　　两个人都不说话，就这样干走着，气氛尴尬到了极点。这个时间点过往的学生又很多，秦淮是学生会主席，更是引人关注，不少过往的人都会特别注意他们俩。不知为什么，乔南觉得很不自在。她觉得自己就像只关在笼子里的鸟，被人群围观，然后像乞丐一样接受他们的评头论足。她真的很不喜欢这样。

"秦淮，便利店还有事要做，我先走了。"

"等等。"秦淮叫住她，"我想跟你说件事。"

"好，你说。"

"之前那个你是便利店阿姨女儿的消息不是我传出去的。不知道为什么最近传得很厉害，我怕你误会。"

"没事啊，这是事实嘛。"乔南如是说。她不觉得这是个丢脸的事，相反，她很感谢上帝赐给她一个爱她的母亲。

一个身影挡住了两人的去路，两人抬头一看，是个高挑的女生，乔南之前在便利店见过她，她说让乔南搞清楚自己的地位。

"嗨，之希。"秦淮主动打招呼，来者正是法学系系花许之希。

"哟，什么风把我们的之希小公主招来啦。"不远处的张尉然看到这幕连忙跑来，这出戏一定很精彩。

"秦淮，我有事跟你说。"许之希直接无视乔南和张尉然，眼神直逼秦淮。

"不重要的话以后再说，重要的话直接说。"秦淮不想让乔南误会。

"明晚我爸爸约了秦伯父和秦伯母吃饭，你要一起来吗？"

"不好意思，明晚我有事。"

"好，那我先走了。"许之希临走前白了乔南一眼。

"乔南，那个你别误会，我和她只是因为父辈生意上有来往，所以以前就认识。"秦淮害怕乔南误会自己和许之希的关系。

乔南不知道秦淮为什么要跟自己解释，却又有些隐隐察觉，他这么帮着自己，不会是喜欢上她了吧。

乔南的高考分数出来了，超了往年西斯蒂的分数线 20 分，百分百能上。

秦淮知道后很开心，说是要请她吃饭庆祝一下。乔南想了想，拒绝了。

"秦淮，谢谢你这段时间这么照顾我。但是你有没有想过，我们这样很容易让人误会。"乔南低头看着鞋子。

他们之间的气氛有点尴尬，两人都没说话，乔南看着鞋子，秦淮的目光则四处游离。直到周遭的人群纷纷侧目，秦淮才意识到这事要速战速决。

"我想让别人误会。"秦淮抬起头，看着她的眼睛，坚定地说。

所以他这算是表白了吗？可是自己心里是怎么想的，她一直以来都没有考虑过这个问题，或者说，自己对他一直没有什么感觉。

"对不起。"乔南落荒而逃。

法学系几乎所有人都知道，秦淮最近情绪不太好，在学生会工作中频频出错。也很少离开教室，几乎都在背书，背着背着就走神，眼睛都放空的那种。

张尉然注意到秦淮最近都没去找乔南了，跑去问秦淮："你跟小仙女怎么了？最近都没见到你们一起。"

秦淮不理他，继续干自己的事情。

"不是我说，你是不是和小仙女分手了？看你最近做事都无精打采的。"张尉然不罢休，接着问。

"都没在一起过，哪来的分手？"秦淮反问他。

"我说你小子，长得够帅，家境又好，还优秀，简直是个高富帅，放着这么好的条件你都搞不定人家妹子？"

"别提了。我烦着呢。"

张尉然随他，也去干自己的事了。

秦淮想，自己无声无息就这样侵入乔南的世界，可能不太礼貌，他要给她留点时间去接受。他有些腹黑，反正乔南都要来西斯蒂了，逃也逃不走。

可是某人，终究还是会有算错的那一步。

他记得乔南以前说过，她想上中文系，于是新生报到那天，秦淮在西斯蒂中文系的新生报到处等了整整一天，却还是没有等到乔南。

他记得乔南告诉过他，自己的分数够上西斯蒂，可以被录取了，况且自己早已帮她打点好了，她不可能不上西斯蒂的。

他记得她说过好多好多，可如今，曾经的种种，早已被迫蒸发，而后销声匿迹。

秦淮跑去找了乔妈妈，乔妈妈好像不太待见他，只是自顾自地收拾货物，偶尔象征性地"嗯"几声。

秦淮不依不饶，继续问她："阿姨，麻烦你告诉我乔南去了哪里好吗？我很担心她。"

乔妈妈放下手中的事，用手往围裙上擦了擦，语重心长地对秦淮说："小伙子，如果你是出于朋友关系想知道南南情况，我谢谢你的关心。但如果是因为喜欢南南，那大可不必，我们小家小户的，高攀不起！到时候传出去倒成了我们家南南虚荣，勾引你。"乔妈妈把话说得很难听，看来是做足了准备回绝他。

"阿姨，我喜欢乔南。我想我可以照顾好她的。"秦淮很诚恳地说道。

乔妈妈心想这男生怎么那么厚颜无耻，女儿才刚上大学，她可不想让女儿那么早就谈恋爱。

可秦淮还是很坚持，乔妈妈拗不过他，只好告诉他乔南放弃了西斯蒂，去了本市的一所普通大学。她觉得在那儿学习会轻松些，不会收获太多的目光。

秦淮表示理解，问了那所大学的名字，若有所思地走了。

温城的大学都集中在一起，组成一个大学城，所以即使他们不在一所大学，也还是离得很近。

秦淮是个固执的人，决定了的东西就不会改变主意，人也是。所以既然他已经决定是乔南，就只能是乔南。

既然已经知道乔南跑不掉了，他也就放下心来忙自己的事了，忙完学生会的时候，他便去了趟乔南的学校。

他走到乔南学校校门口时，乔南刚好出来，他叫住她，她却假装没看见自己，转身走了。

秦淮追上前去，拉住她的手臂，却被她甩开了，"秦淮，别这样了。"她低声说道。

"我只是想来找你聊聊。"几个月不见，他发了疯地想见到她，而她，却对自己如此淡漠，秦淮有种前所未有的挫败感。

"没什么好聊的。我还有事，先走了。"乔南头也不抬，甩开秦淮的手，走了。

秦淮站在原地，混在尘埃里，仿佛置身于最荒芜的冬夜。

秦淮更加郁闷了，好不容易对一个姑娘有了感觉，却屡屡受挫。他走在回校的路上，有种前所未有的落魄。不知为什么，乔南越抗拒自己，自己就越想得到她。

"哟——我们的高富帅怎么今天看上去那么落魄？"张尉然贱兮兮地说。

"别管我，我最近心情不好。"

"情感上的？跟哥们说说，哥们帮你解决。"

秦淮把今天发生的事都告诉了张尉然。

"我说哥们，你怂什么。女孩子嘛，都是水做的，就是用来感化的。追女孩嘛，就要学会放下身段，耐心感化。"

"这怎么感化啊。"秦淮在感情这一方面基本还是空白的。

"笨！你读书读傻了吧！"张尉然恨铁不成钢，"比如每天过去陪陪她啊，偶尔准备点惊喜啊。别怕人家姑娘拒绝，死皮赖脸跟着就是了。"张尉然学着秦淮以前教育自己的口气教育他，教育了法学系第一大才子，这种感觉还不错。

秦淮没了主意，也就听张尉然胡乱指点江山了。

秦淮下午放学后，便跑去乔南学校堵她，他已经摸清楚她的作息了，知道她什么时候有课，什么时候没课，什么时候会去食堂吃饭。

乔南以为昨天的事情足以赶走秦淮了，然而看到他时，她整个人都不好了。她没想到秦淮还不放弃，反而愈战愈勇。

秦淮走到乔南旁边，也不说话，跟个路人一样。但她走到哪，他就跟到哪。

"不是啊，你很闲吗？别跟着我了。"乔南忍无可忍。

跟法学系才子辩论可不是那么容易的，乔南很快明白了自己根本说不过他。

"第一，这位同学，你有什么证据能说明我在跟着你？第二，我既没跟你说话也没触碰到你，你有什么理由认为我在跟着你？第三，你自以为我在跟你，莫非这是你新研发的搭讪技能？"秦淮的三大理由将乔南说得不知该怎么反驳。没办法，只好让他继续跟着。

乔南去食堂打饭，他也打，还毫不客气地抢过她的饭卡，给自己打了一模一样的。她找了个位置坐下，他就坐她对面，看着她吃。

乔南放下筷子，臭着张脸，"这位同学，你们学法律的都知法犯法吗？"

"我刚刚跟你借的，不是抢，所以构不成违法。现在我们之间有了债务关系，你就是我的债主，所以以后我可以来跟着你，找你还钱。"秦淮振振有词。

乔南彻底汗颜，知道自己说不过他，也就不理会他，自顾自低头吃了起来。她偶尔抬头看了一眼，看见他的眼睛深邃，睫毛长又软，像夜空中闪闪发亮的星星缀以头纱般朦胧，看得正入神，秦淮也抬起头，她迅速低下头，怕他发现自己在偷窥他。

"想看我可以光明正大地看，我不会收你钱的。"他拆穿她。

"切，谁看你，不要脸。"乔南假装镇定，脸红了起来。

两人都很沉默，接下来的时间都没说话，就这样一言不发地吃完了一顿饭。倒完餐盘后，后面有个女生莽莽撞撞地端着餐盘，差点就要泼到乔南身上，秦淮一个转身，从乔南背后反手抱住她，此时，他多么希望时间被静止在这一刻。

乔南第一次被男生抱，更何况是秦淮这样高大帅气的男孩子英雄救美一把抱住，她心里忽然小鹿乱撞。只是转眼间，秦淮的衣服上就沾满了剩菜，油腻腻地黏在西斯蒂的高级制服上。那个女生认出那是西斯蒂的制服，知道秦淮不好惹，一个劲儿地朝他道歉。

"没关系，你先回去吧。"他对那个女生说。

乔南在一旁看着，这个男生真的很好，自己好像已经有点动心了，然而她清楚地知道，他们之间，隔了整整一条银河。

乔南陪秦淮去洗手台清理，清理完之后回去的路上，秦淮很自然地牵住了她的手，乔南不停地告诉自己，要甩开他的手，可是手却不受控制，她好想和他这样牵到白头。

到了校门口，秦淮看着她的眼睛说："我先回去了。"

"嗯，好的，路上注意安全。"

这样的日子又持续了好几天，两人都绝口不提当初的事情，也没有确立关系，就这样顺其自然地走下去。

乔南开始期待起这样的生活，她甚至会在校门口等待秦淮。

乔南照例在晚饭的时候等秦淮，她等了好几个小时，等到天都黑了，月亮爬了上来，继而星星也缀满夜空，乔南给秦淮打了很多电话，还是没人接。

接下来的几天，秦淮也没出现，就像消失了一样，乔南有些失落，"可能自己只是他的一时兴起吧。"乔南想。

乔南发现自己已经离不开他了，几天没见竟想得那么紧。她觉得他们之间的主动权在他那儿，一切都是由他开始的，他出现在她的世界，于是他们之间就有了故事，而当他消失后，他们之间便再无下文，自己纵使万般不舍，也无可奈何。

她强迫着自己不再想他，想把他淡出自己的世界。

两星期后，秦淮竟奇迹般地又出现了。这十几天内，乔南每每路过校门口，总是习惯性地往那儿搜索，下意识地想找出他，然而这一次，他真真正正地出现在她的世界后，她却转身离开。

"乔南，我回来了。"他跑到她面前。

"哦，关我什么事。"

"你别这样，你听我解释。"

"有什么好解释的，我们之间从来就没有什么关系啊。不过是路人，迟早要分道扬镳的。"乔南的语气里全是刻意装出来的生疏。

"那我们在一起吧。"秦淮很认真地说，"这样确立关系好吗？"

"对不起，我不是玩偶，你喜欢的时候就来，不喜欢了就消失得无影无踪，我是鲜活的有生命的人啊。秦淮，你别太自私了。如果你只是为了玩玩，那么对不起，你找错人了。"乔南一字一句地说道，她哽咽着，"还有，告诉你的小女友许之希，我从来都不是想利用你上位的，我会用行动证明，我根本不想和你发生关系，就像这次放弃西斯蒂。"

秦淮不知道许之希跟她讲了什么，会让她的情绪这么激动。

"乔南，听着，我对你从始至终都是认真的，我从来没有对一个人这样上心过。遇见你的时候，我就笃定，非你莫属。我不知道你对我现在有怎么样的误解，也不知道许之希到底跟你说了什么，我现在只能给你孑然一身的真心。"

"你这几天去哪了？"乔南终究还是没控制住自己，放下矜持问他。

"我爸给我施了点压，不过没关系了。"秦淮朝她调皮地吐吐舌头，然后将她拥入怀里，"以后无论发生什么都先跟我说好吗？不要再误解我了好吗？"秦淮知道乔南内心的胆怯，也知道他们之间存在着太多的沟壑，但他相信，只要给他时间，他能将这些沟壑一一填平。

"嗯。"乔南把头埋进他怀里，问他："那你能答应我一件事吗？"

"你说。"

"既然已经招惹我了，就不要全身而退好吗？"

"好。"他坚定地告诉她，"那你能告诉我许之希到底跟你说了什么吗？"

"她说你只不过想玩玩我，而你动用你家里的关系帮我进西斯蒂也不过是可怜我。"

"答应我，以后不要轻易相信别人。"

"好。"

夏夜的晚风凉凉的，将白天积攒下的燥热抚散，两人用空荡的心包容着对方。

乔南牵着秦淮的手，感到了前所未有的安心。

乔妈妈知道了乔南和秦淮在一起的事，但她没说什么，孩子的事她也不能过多地干涉，顺其自然就好。乔南觉得自己从未那么幸福过。

一晃两三年，匆匆又夏天。

他们之间即将面临一件很尴尬的事，秦淮要毕业了。秦淮的父亲早在他大二时就告诉他打算送他出国深造，不过那时候他和乔南之间刚刚有了起色，秦淮不想轻易放弃。他有他自己的打算，他想毕业后在乔南大学附近开一家律师事务所，自己创业，这样爱情事业两不误。秦父很生气，断了秦淮跟外界的一切联系，他还是固执，秦父无可奈何，只好放他出去。

于是有了上文的误会，两年了，他们一直很幸福，和每一对正常的情侣一样，吵吵闹闹，只不过这次，秦淮很害怕他会再次失去她。

他甚至不知道该怎么告诉她，他们之间已经经历了太多的坎坷，他不想再有些起伏。

该面对的总是要面对的，当秦父将两条路挑明了给秦淮选，他总算知道逃避解决不了问题。

"我不反对你和那女孩在一起的事情，但是你不是小孩子了，也不能因此就误了前途啊。现在给你两条路，你自己选，要么出国深造，要么乖乖和之希订婚，两家强强联手，你接手公司的事。"秦父说。

秦淮理所当然地选了第一条，当他把这件事摊开了和乔南说时，出乎意料，她没有反对，反而很高兴地点点头，"那你要记得当我的私人代购哦。"她眨了眨大眼睛。

"好，这肯定。"秦淮被她这副样子逗笑了，暗想这姑娘，为了代购东西而舍弃男友，等他回来才不让她好过。只是一想到以后一年才能见一次面，他就感到很难过。

"没事啊，小别胜新婚。"乔南说，"而且这是考验你的好时机，这样我就可以知道你能不能接受诱惑，是不是一个值得托付终身的人了。"

秦淮被她一套套的道理说得无言以对。说："以后娶个老婆嘴巴那么厉害我不得被欺压死。"

乔南嘟了嘟嘴，秦淮话锋一转，"但是我喜欢这样被你欺压。"他在她耳边说道。

她甜蜜地笑了，遇见他，真的花光了她这一辈子的运气。

秦淮随着夏天走了，夏末的时候，他们在机场分别，他抱住她，然后告诉她："等我。"

"好。"

秦淮的背影彻底消失在了她的世界，他们之间在现实中的故事暂告一段落。

如所有爱情故事写的那样，秦淮无论多忙也会坚持很快地把事情干完，然后抽出时间和乔南视频。

乔南很快也要毕业了，准备毕业答辩的那几天，她常常忙得饭都顾不上吃，秦淮很心疼，责怪自己没能留在她身边帮助她。

乔南大学读的是中文系，毕业后，在城市的角落开了家咖啡店，名叫"秦淮以南"，她很喜欢这个名字，因为，这包含了她整个青春。

她一边经营着咖啡店，一边在笔记本上敲打着他们之间的故事，她把这一切发在网上，引起了很大的反响。有人说，乔南、秦淮，谢谢你们让我重新开始相信爱情。

秦淮只有在每年的夏天才会回来，然后他们坐在乔南的咖啡店里，互喂蛋糕。

咖啡店生意不错，可能因为老板颜值高，圈了一大群粉。

后来秦淮毕业了，他在咖啡店不远处开了家律师事务所，然后每天中午步行几分钟到乔南的咖啡店里接她吃午餐，晚上送她回家。

后来呢？后来他们结了婚，生了个健康的宝宝，共度余生。

其实故事另有结局。

乔南终究没有等到秦淮。

他们之间一切的故事都截止在了两年前夏末的气流中，而后再无下文。

秦淮到国外去没多久，不幸遇难。一场枪击案——命运的玩笑。秦父自责不已，怪自己执意要送他出去。

　　乔南假装秦淮还在的样子，把自己封锁在幻想的世界里。大学毕业后，在城市的角落开了家咖啡店，名叫"秦淮以南"，以此纪念他们之间的故事。

　　然而他们之间，终究不只隔了秦岭与淮河，而是隔了生与死的距离。

软化的硬糖

前言

又是一年深秋，枫叶沧桑无力地躺在地面。垂着雨的独寡黄昏，无时无刻不在提醒着她记起那段愚蠢的过去。原来很多事情，不管多么努力，还是无法忘怀。

她披着去年深秋穿过的军绿色风衣，踏在去年深秋的林荫小道上。一切都好像还是过去的样子。

寒风刺进她白嫩的手，她搓了搓手，哈了一口气，继而把手藏进了风衣两侧的兜里。兜里似乎有东西，她掏了出来，惊喜地发现：竟然是两块牛奶味的硬糖。她小心翼翼地把糖纸撕开，才发现硬糖早已软化，不成样子地黏在糖纸的四周，扯开一道道难看的"疤痕"。她就此止住，却忽地想起那段所谓的过去。

那两颗糖是去年的，那段过去自然也是去年的。或许，她不该忘却这两颗硬糖的存在。

同样的深秋，同样的街角，只是时间往前挪了一年，好像所有的一切都是那么巧合。巧合还不止这些，也许当她把那盒硬糖递给江川的时候所有的一切就早已注定。

小米的自述

"你好，我叫小米。'大小'的'小'，'玉米'的'米'。"

"我叫安琪。"

初时相遇的画面还历历在目，我不敢相信曾经那么亲密的朋友怎么会说走就走。

我是小米，"大小"的"小"，"玉米"的"米"。安琪是我在这个学校最好的朋友。我们关系好到可以同咬一根冰棍，同啃一个苹果。

安琪喜欢吃奶糖，特别是硬奶糖。我知道她的这一爱好后每天都在兜兜里放上两块，她一块，我一块。不过我不太喜欢吃甜食，所以我的那份常常也是由她承包的。

我原来以为，我和安琪永远都会这样好下去。直到江川的出现。

江川是我们班的班长，一个很开朗的男生，篮球打得一级棒。从入学的第一天起，安琪就暗暗跟我说："我一定要追到他。"

十月的一天，安琪跑去买了一盒意大利进口的巧克力，托我递给江川。我扭捏道："啊！好丢脸好丢脸。我不干。"

我以为我拒绝了她后她会就此作罢，没想到她自己跑到江川面前将巧克力递给了他，"江川，我喜欢你。"

江川停下手中的笔，冷冷看了她一眼，打开窗户，把巧克力以一道优美的抛物线丢到了校外的河里。小河静静流淌，在太阳底下闪着幽幽的银光，溅起层层涟漪，随后涟漪也被抚平了，一切又回到初时的静谧。

只是安琪哭了。我从未见过她哭得如此伤心。我把从兜里掏出的牛奶硬糖排在她的课桌上，却被她甩开了。她尖叫："不要管我。"我想，她还是没有放下自己的骄傲。

那是她第一次拒绝我的糖。其实我早该想到，既然有第一次，必定就会有第二次。

十月过后是十一月，安琪的生日在十一月。我想给她准备一份独一无二的生日礼物，用来见证我们纯洁的友谊。安琪最爱吃牛奶硬糖，于是我特意让父亲托他朋友从意大利买回来一盒AMBROSOLI，这是安琪最喜欢吃的牌子。

安琪生日的前一天，我跑去找了江川，希望他能帮我将那盒奶糖送给安琪。江川朝我笑了笑，他的笑容亲切柔和，像是一个装满阳光的洞，将我深深吸入。我相信安琪也是因为这一点才喜欢他的。他点了点头，表示同意。

我想，江川给她送她最爱的奶糖，她一定会很开心的。

下午两点的时候，安琪跑来找我，我从兜里摸出奶糖递给她，她没接受，却冲我冷冷地笑着说："我宁愿我们从来没有认识过"。

这是她第二次拒绝我的糖，我想，我们真的可能就此结束了。安琪，再也没有和我讲过一句话。

只是她永远不会知道，其实，我也喜欢江川。

安琪的自述

我是安琪，生来就是一个天使。我曾经有个好朋友，她叫小米。别问我为什么要这么强调曾经这个字眼，因为确实已经永远成了曾经。

小米是个特别单纯的女孩子。我特别喜欢她，从我见到她的第一眼起，我就认定她是我最好的朋友。我喜欢吃奶糖，特别是硬奶糖。小米知道后就每天都在兜里放上两粒，一粒给我，一粒给她自己。不过小米好像不太喜欢吃甜食，所以基本上两粒奶糖都是由我来承包。

我从未想过，小米有一天会变得面目全非。

一切都是从江川出现后才发生的。

江川是我们班的班长，说不出的好看。无论是外表，发型还是气质。处处都是男神级别的。我特别喜欢他的笑容。他笑的时候真好看，仿佛得到了全世界。从入学第一天起，我就暗暗对小米说："我一定要追到他。"小米看着我，愣了愣，然后疑惑地摇摇头。那傻孩子，怎么会知道什么是情窦初开。

然而我错了。

十月的一天，我买了一盒巧克力打算和江川表白。我不想让江川觉得我是个随便的女孩子，看到他我觉得就算再纯洁的事在他面前我也羞于启齿，所以我想让小米帮我递给江川。谁知她脸红了，向我摇了摇头。

那是她第一次拒绝我的请求，我知道有第一次，就肯定会有第二次。

我鼓起勇气，走向江川，把那盒巧克力推到他的面前。他正在写作业，安静思考时候的样子真美好。我不忍心打搅他，可我是真的喜欢他。于是我红着脸对他说："江川，我喜欢你。"说完这句话，我就感到有一束尖锐的目光刺在我的背后。江川似乎也感受到了，他迎着那束目光，马上变得慌乱起来。他故作镇定，冷冷地看了我一眼，将那盒心形巧克力扔出了窗外。我难过极了。我难过的不是他拒绝了我，而是无论我怎么努力，我们之间还是隔了束尖锐的目光。我很想知道，究竟是谁的目光，可以使他慌乱成这样。

十一月很快接踵而至，我的生日就在十一月。生日的前一天，上午十一点，我跑去找了小米，希望她陪我一起去选蛋糕。她摇了摇头。

这是她第二次拒绝我的请求，我知道，我们很快就会形同陌路。

下午一点的时候，我在我们经常一起走过的林荫道上看到了小米，她拿着一盒东西，递给了江川，不知道说了什么，江川的眼睛闪烁了起来。我突然想起了一个月前的那束尖锐的目光。没错！那束目光就是小米的。

被最好的朋友欺骗的感觉并不好受，我感到了前所未有的痛苦。我躲在樟树下哭了整整一个小时。下午两点的时候，我跑去找小米，撕心裂肺地对她说："我宁愿我们从来没有认识过。"

其实小米不知道，我从一开始就知道，她也喜欢江川。

江川的自述

我是江川，一个孤独者。

我有一个秘密。

我是个孤儿。

我的父亲在我很小的时候因为某种疾病瘫痪了，只有臀部以上部位能活动。他终年躺在床上，丧失了经济能力，靠母亲一人挣钱养家。父亲是爱母亲的，很爱很爱。他把母亲看得比生命还重要。他不愿拖累母亲，曾无数次提出要与母亲离婚，还她自由。母亲自然不同意，甚至为了这事与父亲闹了许多次。

父亲是个傻男人，真的很傻。他不愿让自己成为累赘，便趁母亲不注意，拿水果刀割了腕，死了。母亲发现后瘫在了床前，软得如水，没有一丝多余的力气。她哭着说："老江，你真傻。我从来没有把你当过负担，就算是，你也是我一生中最美丽的负担。"

母亲自此便精神恍惚，终日念叨着，"老江，你在哪里？我怎么找不到你了。我把你弄丢了。"说着，又哭了起来。她有时却又笑着说："老江，今天我做了你最爱吃的红烧鱼，你以前总说我鱼鳞刮得不干净，抢着刮。今天我把鱼鳞刮得特别干净，你快吃一口尝尝我的手艺。"她一会儿哭一会儿笑的，当时的我甚至分不清她是难过还是喜悦。

父亲去世后不久，母亲出门买菜时出了车祸，也死了。我成了一个孤儿。

好在后来有个女人收养了我，她没有孩子，便把所有的希望都寄托在了我身上。我无法做到让她失望。

她对我很好，真的。

她是一个老师，把所有学校里的东西都照搬到家里来管教我。她从来不对我笑，只有当我把满分的试卷交给她时，她才会例行公事那样露出蒙娜丽莎般的笑容，但我觉得那不是笑，是束缚。

我上了高中，进了她所在的班。她成了我的班主任。她从来不允许我在学校里叫她妈妈，所以从来没人知道我是班主任的儿子。

我人生的前 17 年，一直以一种极其压抑的方式熬过。直到遇见了"她"。

她叫安琪，一个开朗的女生。她好像天生就是一个天使，所有认识她的人，都会被她深深地吸引。她整天跟只小鸟一样叽叽喳喳的，好像从来没有烦恼的样子。我羡慕这样的她，她是我从未奢求过的梦。

然而十月末的一天，她拿着一盒巧克力，逆着光向我跑来。她白皙的皮肤被阳光照得红润起来，眼睛闪烁着异样的光芒。她止步于我面前，晃了晃手中的巧克力，涨红了脸，对我说："江川，我喜欢你。"我愣了一下，不知该怎么回应她。我知道，我也喜欢她。我突然感觉到有一束尖锐的目光盯着我，我顺着目光去寻找源头。我的母亲站在窗口，眼睛直勾勾地盯着我。我故作镇定，冷冷地看了安琪一眼，把她送我的巧克力丢出了窗外。窗外有一条河，在阳光下闪着水光，我透过玻璃的反射看到了安琪的眼泪。对不起，安琪，我无法做到让她失望。

安琪是真的难过了，她再也不会拉着小米来偷偷看我打篮球了，我也很久没有听到她叽叽喳喳的声音了。

安琪变了。

十月悄然离去，十一月翩翩而来。安琪的生日在十一月，我知道。

安琪生日的前一天，上午十一点，小米找到了我。她说："江川，我知道安琪还喜欢你。这是她最爱吃的奶糖，如果由你来送，她一定会很开心的。"说着，她递给了我一盒意大利的奶糖。安琪喜欢吃奶糖，尤其是硬奶糖，这点我是知道的。我很感激小米的用心，她真的是把安琪当成了很好的朋友。

只是下午三点，安琪找到了我，她说："江川，我不会再受你影响了。"说完转身离去，背影坚决，我终究没有勇气上前挽留。

安琪走了。旧的安琪走了。

安琪不再叽叽喳喳了，她变得沉默寡言，我们很少再说话。就连小米，也被她排斥在心墙以外。

安琪不知道的是，其实我每天都会在书包里为她放两颗奶糖。

尾声

硬糖化了，软软的，黏黏的。

小米从口袋里掏出那两粒软化了的硬糖，埋进土里。那段过去，在她心里留了道疤，而后结成痂，痒痒的，在骚动。她好想知道安琪现在过得怎么样。

安琪有了新的朋友，一个和现在的她一样安静的女生。看上去似乎过得很好，谁又知道呢。她还是会偶然想起那个永远为她在口袋里放两粒糖的小米，却也只是偶然。安琪不再吃奶糖了。

江川还是那样，为了不辜负养母的期望，压抑地活着。或许，这是最适合他的生活。

深秋的枫叶飘飘然落下，黏在土里，渐渐糜烂，像极了这三个人渐渐耗尽的青春。或许，这又将成为一段尘封的往事。

岁月无恙

一

我还是踏进了这座位于东南边隅的小镇，一个我曾经发了誓永远不再回来的地方。

它还是如初时那般清静温婉，一切来源于俗世间的喧嚣都渐渐沉淀在这琉璃千顷的水流中，随着风缓缓流淌，流淌到远方。

原来，我一直都不曾遗忘，这个曾无数次出现在我梦中的江南小镇。

我行走在斑驳着青石的小巷中，随处可见的黛瓦白墙，慢悠悠穿行于巷子间的各色各样的人。黛瓦白墙，单调的世界里只剩下了黛与白，再没有第三种颜色。

我不可抑制地想起了苏辛，那个全身上下除了黑与白再没有第三色的男子。

而我与他的初识，不过是青春电影里最平淡无奇的那一帧。可我从未想过，那一帧会被无限慢镜头化，直至填满我生命的留白。

他叫苏辛，我梦中的那个男孩。

二

苏辛是我在苏州认识的一个男孩，确切地说是个老男孩。

我遇见他时，他衣着青衫，手执折扇，徘徊在古镇的一座未名小桥上，吟着："梦后楼台高锁，酒醒帘幕低垂。去年春恨却来时。落花人独立，微雨燕双飞。"

我听着入了神，情不自禁地对出下半阕："记得小蘋初见，两重心字罗衣。琵琶弦上说相思。当时明月在，曾照彩云归。"

他抬起头，看了我一眼，继而朝我走来，"你好，我苏辛。"

我回他："叶笙。"

回客栈的路上，我反复念着："苏辛，苏州，苏辛，苏州，苏辛，苏州……"

他将我送到客栈，站在门口目送我进去，他的眼睛很深邃，目光似乎可以追溯到很久很久以前，我有了一见如故的错觉。也许，这可以被称为一见钟情。

我无法相信我这么一个理智的女人，会在旧城的古镇里遇到能让我一见钟情的男孩。可也许世事本就难料，在感情面前，我们都应放下理智。

我倚在柱子上，目送着他远去的背影，他的背影逐渐缩小，缩小到一定程度时，又转过身来，看到我在看他，便朝我温润一笑，接着背过身去，离开了。

只那么一眼，我便乱了心跳，迟迟难以回到原来的轨迹。

三

次日清晨六点钟，小镇开始骚动起来。我推开房门，融入江南的梅雨中。细雨穿杂在发丝间，萦绕着疲倦了的雨滴。苏辛忽然出现在江南的烟雨中，穿过滚滚红尘向我走来。

还是那件青衫。

我朝他挥了挥手，"嗨，苏辛，好巧。"

他微微低头，笑着伸出手，接了捧檐角的水滴，洒在我的头发上。"含着朦胧的美。"

他说："不是巧合，是人为。"

我与他躲在屋檐下，搬了条小木凳坐下，伸着脚，看着黛瓦白墙被一点点染湿，留下斑驳的印记。我正倦了这垂着雨的独寡清晨，向苏辛抱怨道："这雨倒是不识趣，没完没了地下着，凭空惹得人一身烦躁。"

苏辛笑着说："待会儿就停了，江南梅雨是一阵阵的，停会儿下会儿。下到正当你厌倦了它时，它便停了。停到你开始怀念它带来的诗意时，它便又下。"

他温和地向我解释，刚说完，雨便停了，我起身，看见檐角处露出一块小小的太阳。

"你刚刚说你是刻意来找我的吗？"我问他。

"是的，我以为，再也没人能懂我的心境，直到你的出现。昨夜的月光折现出你的明眸皓齿，投影到我的梦中。你是我的知音，叶笙。"

我不知该怎么回答他，低着头，咬着唇不说话。苏辛好像意识到自己的莽撞，连忙解释："不好意思，我可能吓到你了。我只是很激动，能够在这儿遇到知音。"

"我知道。"

"你是哪里人？"

"上海。"

"哦，上海离这儿不远，但却积淀了太多功利的东西。我曾在那儿付出自己孑然一身的真心，最终却一无所获，甚至我的一片真心也被黄浦江的水冲走，一无所有。"

我看着苏辛微皱的眉头，心想原来他也和我一样，在经历所谓的逃离。

原来，我们是一类人。

他问我："你呢？叶笙，为什么离开上海？"

"因为一个人。"我盯着他的眼睛，可是他并未回应我。

他没有再追问下去，我们都很沉默。

为了打破这尴尬的氛围，我问他："苏辛，你这身衣服哪买的啊，我也想搞那么一套来嘚瑟嘚瑟。"

他笑了笑，拉起我的手，绕了好几条巷子，拐进了转角的一家店铺，"掌柜的，帮这位姑娘量一下尺寸。"接着他帮我选了布料、图案和样式，嘱咐掌柜要把腰身处做得更修身一点，上海女人习惯穿贴身的。

苏辛是个很细致的男子，他拿了把木梳，从上往下轻轻地梳过我柔和的秀发，木齿与发丝摩擦，轻悠悠地自上而下滑过。他的手指绕进我的细发间，摩挲着，继而自言自语道："你应该是江南女子的。"他替我把头发挽成简单的小髻，顺手拿起柜台上的一支镶着杏红珠子的银簪为我别上。我不由羞红了脸，低着头不敢抬头看他。

这时掌柜过来轻声说道："衣服已经按要求改好了，请姑娘试穿。"

茶白的底色，袖口处绣有几朵玉色雏菊，藕色碎花点缀其间，领口又镶着几块缥碧的玉碎石，我去试衣间换上它，不得不说，这家做工很精致，腰身处收得恰到好处，丝绸紧贴着臀部，凹凸有致。

苏辛说："叶笙，你真应该是个江南女子。"

我笑了笑，不置可否。

四

我穿着茶色旗袍，挽着苏辛的手，穿梭在小镇的古巷中。那些所谓的虚荣在这儿早已蒸发得干干净净，我们每个人，都可以安静地做自己。我不再想上海曾经发生的事，只是期盼，时光不老，我们不散。

"苏辛，你在这儿生活了多久？"我问他。

"一年了。"他抬头看了看天，然后回答我。

小巷两旁的炊烟袅袅，生活的气息在此弥漫开来，我觉得，我终于找回了自己的重力，在这座古老的城市。

"一年了，真快。"我喃喃道。

"什么？"苏辛问我。

"没有，只是感慨时光飞逝。"

"是啊，时间真快。"

我们都没有再说话，他忽然牵着我的手，我偷笑，却不敢让他发现。我们就这样牵着手，穿梭在巷子里，我感受到他掌心的温度，他加大力度握紧我的手，我头一次那么真实地感受到他的存在。

巷子的尽头，是苏辛的家。如这座古镇里所有的房子一样，平淡无奇。只因这里住着我钟情的男子，我便觉得这座老房子镀了层金，弥散出耀眼的光芒。

他挽起袖子，走到厨房，厨房的设施很旧，还是那种老灶台，但却给人一种时光停滞的错觉。我出门，看见烟囱冒出炊烟，晃着腿，看见夕阳渐渐沉沦，我想起从前上海生活的时光，与今对比，不由觉得庆幸，我终没有错过苏辛。

可与此同时，我又有了种不具名的失落感。事实上，我一直是个虚荣的女人，这样的生活只能让我找到暂时的归宿感，可时间久了，我会越发难耐，不可抑制地怀念从前纸醉金迷的生活。

"叶笙，饭好了，进来吃饭吧。"苏辛招呼我进去。

很家常的菜，西红柿炒鸡蛋、红烧排骨、酱汁茄子。我一一品尝了一番，出乎意料地好吃，我看了看眼前的人，迟迟难以置信。一年了，他真的变了好多。

"你不打算回上海了是吗？"我忽然冒出这么一句话。

苏辛显然也很意外，停住拿着筷子的手，回答我："是的。"

"其实我觉得上海更适合你，我知道，你和我一样，来这儿只是为了逃离。你确定你能忘记在上海发生的一切吗？"我问他。

"你是谁？"他有些惊讶，"你知道我的过去？"

"我说过，我叫叶笙。"

"叶笙……叶笙……叶笙……"他反复道，"好熟悉，却又那么陌生。"

"叶蒔是我姐姐。"

"哦，原来如此。好巧，叶笙。"他抬起头打量我，"你和你姐姐一点也不像。"

我不再理会他，自顾自吃起饭来，我想，当初的苏辛，终是没有记住我。

五

苏辛消失了，没有任何预兆地消失了。

苏辛消失了，我再也没有见到过他。

我带着那件旗袍和银簪，回了上海。

我忽然发觉，我与苏辛之间已建立起一种超脱俗世的感情，那是任何的壁垒都无法抵挡的。可我又意识到，我对他，除了名字之外，一无所知。

"苏辛，苏州，苏辛，苏州，苏辛，苏州……"

上海是个纸醉金迷的城市，它总是在清晨时分匆匆醒来，又在凌晨时分不舍地结束夜生活。

这座城市太快了，快到我甚至来不及去回味苏州的故事。我拿出那件丝绸旗袍，抚触，指尖摩挲在布匹上。我把头发挽成简单的小鬓，穿着那件茶白的旗袍漫步在外滩上。

外滩上熙熙攘攘的人群，聒噪着。我被拥挤的人群不成样子地带动前进。我无法再有思维，去决定我前进的方向，只能随波逐流，到达未名的彼岸。我低着头，不再去看远方。

人群忽地停止了，我抬起头，看着眼前被霓虹灯光映射着的水流，随着波澜起伏发出别样的色彩，它像极了江南小镇的水，却又与它截然不同。江南小镇的水是温婉的，没有霓虹的腐朽。我看了看四周，发散着的数条小路等着我去选择，我这才发现，脱离了人群的我，没有方向。

没有方向，却要强装前进。

我发了疯地去恨苏辛，我把我没有方向的原因牵扯到苏辛的消失。一直以来，他都是我的人群，我随着他前进，没有方向。

我发了誓，再也不要回到东南边隅的那所小镇，再也不要遇见那个曾经消失的人。

六

我后来发现，之前我所以为对的，都是错的。

我的记忆断了层，唯独停留在了我们初识与分别的画面上。

原来，一直以来消失的人，是我。

我消失了。

在一场烟雨之后，我们热恋了。

苏辛在我耳鬓厮磨道："叶笙，我发了疯地爱着你。"

我说："我也是。"

我与他牵着手，漫步在千年老街。街边是河流，河流上有桥，我们初识的地方。桥下的水温婉地流过，河底沉积的淤泥被水流拨动，欲动又止，水面倒映着明净的天空。

他转过头来对着我，眼睛里流露出的情愫，像是清澈的湖水。他问我："叶笙，你愿意为我做一个温婉的江南女子吗？"

我怔了怔，欲语却止。我松开了他紧握着的手，掌心沁满了冰冷的汗水，带着上海女人与生俱来的精细问他："所以你就打算一直这样落魄下去吗？"

他紧紧抱着我说："我有孤独和酒，除此之外一无所有。如果你允许的话，我愿意为你丢掉我最宝贵的孤独。"

我挣脱开他的怀抱，丢下一句："幼稚！"头也不回地消失在千年老街的尽头。

离开苏州前，我找到了苏辛，对他说："给我点时间，我想考虑一下。"

我回到了上海，那个夜夜笙歌的城市。我恨这座城市，却又深沉地爱着它。正如我曾不择手段逃离它，最后兜兜转转却还是回到了原点。

夜上海。

七

事实上，我们初识的地方并不是苏州的那座古镇，早在上海，

178

我们就已相识。

苏辛是上海有名的富二代，其父是房产大亨，在上流圈子里拥有着一定的话语权。

我的姐姐叶莳，和苏辛是大学同学。他俩关系好似情侣，却怎么也不来电，所以，一直保持着恋人未满的状态。

姐姐很漂亮，拥有着倾国倾城的容颜，相较于她，我就显得平凡得多。姐姐和我同父异母，她的母亲生下她后就去世了，父亲又娶了我的母亲，而后生下我。

我和姐姐关系很好，也是从姐姐那儿，我认识了苏辛。苏辛帅气，多金，温柔又体贴，满足无数少女对另一半的期待。

我和他初次相遇，是在一次饭局上，姐姐带上我出席，我向他伸手，"你好，我叶笙。"他礼貌性地握住我的手，"苏辛。"

手指触碰到他掌心的那一刹，我觉得自己像通了电般，触动了全身。出于少女的娇羞，我不敢把这一切告诉姐姐，只是偶尔会装作无意地向姐姐打听他的消息。

时间久了，姐姐好像发现了我对苏辛的爱恋，问我："叶笙，实话实说，你不会喜欢苏辛吧？"

我乱了神，结结巴巴地说："怎么可能，我和他才只见过一面，而且当时人那么多，人家记不记得我都不一定，我又何必自作多情。"

"是呀，才只见过一面呢？"姐姐故意在我耳边说道，"叶笙，我看你是对他一见钟情了呢！"

"呸呸呸，姐姐，你就别再取笑我了。"

"给我点好处，我帮你牵牵红线怎么样？"姐姐总是爱取笑我。

"我看还是算了吧，你这么漂亮，人家都没看上，更何况我？说不好他是个 Gay。"我低下了头。

"这不一定，感情的事，谁说得准呢？而且啊，爱情真的和长相没多大关系。"姐姐一脸认真地看着我的眼睛说。

后来我又在几次饭局上见过苏辛，但都只是远远地看着他，我从不奢求走近他，毕竟，他是这样耀眼，我不愿我的黯淡，中和掉他的光芒。

可他越来越频繁地出现在我的梦里，每一次，我都只是远远地看着他，看着他和别人谈笑风生。最近的一次梦，我看见他牵着别的女孩的手，笑得那样温柔，我知道，我再也无法逃避自己的心。

我去找了姐姐，告诉她我的想法，希望她能为我俩制造机会相遇，姐姐很欣慰我能直面自己的心，她一口答应下来，"给我几天时间想想怎么给你俩安排一个独处的机会。"姐姐一脸邪恶地看着我，把我看得脸都红了。

我们的计划是，姐姐约上苏辛去他们经常去的一家咖啡厅，再由我代替姐姐出席。我的理由是，姐姐临时有事，又不愿放他鸽子，于是让我——她的妹妹代替她和苏辛见面。于是，我便可以和苏辛随便聊聊，刷刷好感度。

然而计划终究只是计划，永远赶不上变化，姐姐打电话给苏辛时，发现他的手机意外关机。几天后，姐姐又打了一次，还是关机。

苏辛的不辞而别，让我们很惊讶，他几乎是蒸发了般，消失得无影无踪。就连他的父亲，也联系不到他。苏父告诉姐姐，苏辛走之前，给他们留了封信，信的大意是他厌倦了上海纸醉金迷的生活，想孤身一人去寻找自己想要的生活。好在苏父开明，他完全信任苏辛，决定尊重他的选择。

我和苏辛，再也没了机会相遇。

可是就当我绝望地想放弃时，苏辛联系了姐姐。

他写了封长信给姐姐，说是自己终在上海不远处找到了自己想要的生活。我寻着他信戳的地址，日夜寻找，找到了那座古镇。

于是有了开头那幕的相遇。事实上，我们的相遇只是我的精心设计，苏辛反复吟唱的那首词在他给我姐姐的信里出现过，我将它记了下来，孤身一人前往苏州寻找他。

八

在那座未名小桥上，我终是寻见他的身影。

我压抑内心所有的情绪，以陌生人的姿态走上前去，对出了句子的下半阕。他转身看我时，我发觉自己和他的距离竟变得那么近，他黑了，瘦了，嘴角有了胡楂，成熟了许多。他主动向我开口："你好，我苏辛。"他的声音很沉稳，低低的，却又让人那么安心。我回他："叶笙。"

我观察过他的表情，很平淡的反应，我想，的确，他从未记住过我。他将我送回客栈，一路上，我们的话都很少，我很害怕，一转眼，他就不见了，只留我一人完成这场未完成的梦。

第二天清晨，他出现在那场烟雨中，沿着滚滚红尘向我走来，我忽然发觉，自己是那么的幸运，能遇见他。

然而相处的那几日里，我真真切切地目睹了他的落魄。我无法相信，一个富家公子，要沦落到为游客写诗为生。可他笑得那样洒脱，那样自如，有那么一刻，我觉得自己从未认识过他。

他的变化实在太大了，要知道，从前他是个衣来伸手，饭来张口的大少爷，如今却自己动手丰衣足食。他燃起炊烟的同时，我开始怀念上海那座城市。我看见苏辛做好的饭菜，很家常的菜，味道很棒。一年的时间，他变了好多好多，被生活磨砺掉棱角。

我问他是不是不愿意回去了，他很坚定地告诉我，是的。可是苏辛，现在的你我觉得好陌生，也许你是对的，可我怎么也找不回当初的那种心动。原来爱情，在生活面前是那样的软弱无力。

我以为这里只是苏辛的一时兴起，可没想到他早已认定了这就是他的归宿。

我承认，我从前爱苏辛，很大一部分原因是他的多金。如今他的这种落魄，我想我无法接受。

我尝试着问过他关于继承家产的事，他说，他以后会将财产全捐出去。

在现实和梦幻面前，我迟迟难以抉择。

我逃回了上海，像苏辛当初逃到苏州来那样。

九

偌大的城市，竟然没有我的容身之地，况且，它还是我出生以及长大的城市。拥挤的人群中，唯独容不下我一个，我想，在上海，无论走到哪，都不会是我的目的地。

回到上海后，我发现苏辛还是无数次出现在我的梦中，一同出现的，还有古镇的小桥流水。

我忽然发觉，苏辛的选择确实是对的，上海，很拥挤，也很孤独。

我想，我该离开上海了。

我坐上了前往苏州的长途客车，大巴车颠簸了两三个小时后，我踏进了一个全新的世界。

我还是踏进了那个位于东南边隅的小镇，一个我曾经发了誓永远不再去的地方。

我漫无目的地游荡在街道上，像个流浪汉。

"远在远方的风比远方更远，我把这远方的远归还草原。"

苏辛，我想过了，如果非要有一个人丢弃孤独，我宁可那个人是我。

我有孤独和酒，你愿不愿意跟我一起走？

我回到了我们初相识的地方，千年老街上的一座圆拱桥。苏辛衣着青衫，手执折扇，踱着步子，穿过滚滚红尘朝我走来。

他说："叶笙，别来无恙。"

在天黑的时候遇见你

　　瘦瘦是我见过最胖的女孩子，身高体重一比一，一米六，一百六十斤。

　　初次与她见面，是在咖啡店。她坐在靠着窗的位子，将自己嵌入沙发，慵懒地躺着，眯着眼，桌上摆了好几份甜点，提拉米苏、黑森林、芒果千层、榴莲班戟……

　　我们先前已经在网上认识了，她是个网络作家，在圈内小有名气，前些日子她以一部《在天黑的时候遇见你》快速走红。在她走红的同时，也有越来越多的人在她微博底下评论让她发张照片上去给大家瞅瞅。只不过瘦瘦一直不予回应。

　　见她之前我翻过她的微博，评论区里都在猜测她的长相，最后大家一致认定她应该是瘦瘦高高的、小清新风格的女生。

　　我当时只是个混在文艺圈里的小渣渣，守着个只有几百个粉丝的微博迟迟红不起来，得知瘦瘦既不是靠颜值也不是靠肉体，而是靠才气走红后，说实话我很嫉妒她，当然更多的是想讨教秘籍，于是我决定约她出来见面。

起初我提出请求时，她很反感，后来我日夜不分地给她留言，快刷爆她微博私信，她大概是被我这份执着打动了，答应了和我的见面。当然，也可能是同情我混了那么多年文艺圈却始终红不起来的遭遇。总之，无论是出于什么原因，谢天谢地，她总算同意见面了。

说实话，看到她的第一眼，我彻底呆住了。这……可能是先前的幻想太美好，如今看到她一脸横肉，不，对于当红的人我们总要用些赞美的语句，所以我把对她的印象改为"富态"。我看到她一脸富态地躺在我面前，还是被惊到了。

"你好，请问你是瘦……瘦……吗？"我问她。

"嗯嗯，是的。"她一脸明媚地看着我，"快坐吧，喜欢什么自己吃哈。"

"那你够吃吗？"

"嘿嘿，其实我吃不掉那么多啦。"瘦瘦不好意思地挠了挠头。

我最近正在减肥，所以只要了杯黑咖啡，没有去动甜品。我偷偷观察过，瘦瘦也没怎么动。

我们聊了些关于瘦瘦走红的事，她为人很诚恳，语气也很谦虚，说实话，我对她印象忽然好了很多。

瘦瘦说有时候运气要比实力重要些，她也是熬了好多年才熬出头来的。另外，她鼓励我这种事情贵在坚持。

接下来我要说的可能要让你失望了，行文至此，我将草草结束关于如何快速走红这一话题。因为这篇文章要说的不是如何走红的故事，所以在此我只用为数不多的笔墨带过。

我们泡在咖啡店里唠了将近两个小时，周遭的客人换了一批又一批，直到天色已接近黄昏，我们才决定离开。

"那个……小哥，这些甜品打包。"瘦瘦打了一个响指，示意吧台上的小哥过来。

"好的。"小哥很快就过来了，"又打包那么多？"

"嘿嘿，家里的弟弟妹妹爱吃。"

走出咖啡店后，我问瘦瘦："原来你还有弟弟妹妹啊？"

"没有啊，我是独生女。我爸妈都是公务员，只能生一个。"

"那你刚刚？"

"骗他的，不然他会以为自己做得不好吃。"瘦瘦调皮地吐舌，"哎，问你哈。你觉得他帅吗？"

"呃……我没注意看。"

"可惜！这么帅你都不看。"

"你是不是喜欢他啊？"我问瘦瘦。

瘦瘦有些害羞，但还是点了点头。

瘦瘦说两年前她在一个偶然的机会来到了这家甜品店，当时刚被前男友甩，想找个安静的地方缓解悲伤的情绪，于是走进了这家转角的咖啡店。

瘦瘦进咖啡店的时候，咖啡店老板正在磨咖啡，他穿着白衬衫，围着棕色围裙，干净清爽，瘦瘦很欣慰在失恋后遇见的第一个男生长得那么帅。

"一份黑森林，一杯摩卡。"瘦瘦很自然地报出了要点的东西，后来想想又觉得不妥，便改口，"不，我要一份芒果千层，然后一杯蓝山。"

"嗯，好的。"咖啡店老板的声音很舒服，像是棉花堆一样，让人想深陷其中。

黑森林和摩卡这一搭配是瘦瘦的前男友特属，他为人霸道，自己喜欢吃的东西也一定要强制瘦瘦吃。瘦瘦一开始吃得很憋屈，久而久之，也就习惯了，甚至有些依赖这一搭配。

习惯真的是一种很难改变的事情，就像刚才，明明瘦瘦提起他就咬牙切齿，却还是在潜意识里说了他的专属搭配。

瘦瘦想做回自己了，和前男友在一起的日子里，她改变了太多太多，甚至有些面目全非起来。有时候她觉得，这不是自己，而是在前男友统治下的奴隶。

她越想分手的理由越委屈，最后竟抱头痛哭了起来。咖啡店老板颇为体贴，给她煮的咖啡里多加了一块糖，还留了张便利贴给她：心情不好？为你多加了一块糖。末尾是一个笑脸。

手写的便利贴，很大气的字，瘦瘦又偷偷窝在角落仔细打量了他一番。他正在认真地做甜点，安静美好，侧脸很帅，五官很立体，是不可多得的帅哥，再加上人又体贴温柔，瘦瘦很快对他有了心动的感觉。

当然，瘦瘦也是朵奇葩，在被甩的第三十分二十五秒，卸下包袱，爱上了另一人。她不再沉浸在失恋的悲伤中，甚至有些感谢前男友了。

大概会有读者朋友问我了：你不是说瘦瘦很胖吗？那怎么会有前男友？我当时的想法也是和你一样的，想着：这人就吹吧。像我长得还算可以吧，身材也算匀称，怎么迟迟找不到。而她，轻而易举就有过恋爱经历。她怎么就没把前男友吹成高富帅呢？

别急别急，故事还没说完。

我问她："接着呢？你们之间发生什么事了吗？"

她摇了摇头，故事戛然而止。

"切——"我有些没了兴致，腹诽她人丑还矫情，学着网红卖故事，好吧好吧，她就是个网红，还是个没有颜的网红。

她好像有些看出我对这场没结局的故事很失望，便问我："你不想知道原因吗？"

"什么原因？"经历了方才她铺下悬念然后让我扑空后，我对她充满了厌烦，语气很敷衍地问她。

"我太胖了，我觉得自己配不上他。"瘦瘦忽然垂下来脑袋，眼神暗淡。

"其实爱情中不存在配得上配不上这一说法。"我假装很有经验的样子，事实上我已经挺烦了，但对于当红者，特别是这种自己能触碰得到的，我还是想要巴结好他们，"你看你和你前男友不也在一起过吗？"

"他就是因为嫌我胖啊！"瘦瘦提到这个就满脸愤怒。

"男人就是这啊，以前爱得死去活来，玩腻了之后就嫌这嫌那。"我站着说话不腰疼。

"其实，我以前不胖的，那时候身材还挺辣的……"瘦瘦声音越说越小，最后连起伏都没了。

她拿出她前男友的照片给我看，"靠！"我骂了出来。这男的，真的，很帅很帅！我甚至怀疑她是拿某个韩星的照片骗我。她以前身材得多好啊，才能被这种极品男看上。我想。

接着，她又给我看了他们俩的合照。我方才喝进去的黑咖啡差点没在胃里翻江倒海，然后喷涌而出。照片里的瘦瘦简直与我眼前的这个人判若两人，要不是五官真的很相像，打死我我也不信。

后来渐渐熟络了，瘦瘦和我说了她从前的经历。

前男友是大她一届的学长，从前她刚进大学时，引起了学院的一阵骚动，不少男生特地翘课跑来看她。因为从小受追捧惯了，瘦瘦没有什么感觉，只当是个玩笑，继续过自己的生活。

前男友是在一次校园文艺会演时认识的，他们俩都是话剧社的，社里的指导老师让他俩分别出任男女主角，于是私底下的接触也就多了起来。两人搭配起来很默契，老师夸他们是天作之合，开玩笑说在一起得了，瘦瘦当时脸红得像快烧起来一样，前男友倒是一副没事人的样子，还顺着老师的意思开玩笑说："我也想啊，不过追她的人太多了，我还得慢慢排队呢。"瘦瘦气得直跺脚，瞪了他一眼。

两人相处得越多，瘦瘦越发觉得他是个不可多得的男生。不仅人长得帅，还很体贴温柔，不厌其烦地教瘦瘦动作如何才能做得到位，语气什么时候要强烈些。总之，她觉得自己好像心动了。

文艺会演那天，两人主演的话剧完美收场，他们站在舞台上就好像王子公主一样，是生活在童话里的，底下不少同学入戏太深，大呼："在一起！在一起！"瘦瘦只当是个玩笑，正准备谢幕，前男友忽然抢过话筒，深情表白一番，称自己见到她的第一眼起就心动了，还当场唱了一首《我只在乎你》，声线很独特，唱得观众都潸然泪下，底下的呼声更强烈了，瘦瘦不知道该怎么办，只好落荒而逃。

前男友果然是情场高手，他追了出来，不由分说地拽住瘦瘦的手，诚恳地道歉："对不起，刚才是我太冲动了。可是你要相信，我真的喜欢你，从见到你的第一眼起我就心动了。所以，我亲爱的公主殿下，愿意给我这个因你而落魄的骑士一个机会吗？"

这回瘦瘦是真的没了主意，也就半推半就地同意了。

当然，两人到瘦瘦还未变胖为止，小日子过得还是很幸福的。前男友确实是个蛮优秀的男生，除了……有些霸道。

瘦瘦回忆到这儿，露出了甜蜜的笑容。

"和他在一起的时候你开心吗？"我问她。

"嗯，一开始确实挺开心的。他很符合我对另一半的幻想。"

"那后来呢？"我对这个故事渐渐有了兴趣。

"后来我变胖了，就分手了。"瘦瘦的眼神暗淡了，随之垂下了头。

"能跟我讲讲原因吗？"

"对不起，我……我可能还没办法释怀。"瘦瘦看着我，她的下睫毛上已经沾了些许泪水。

我不再深究，随即将话题扯到别处去了。

后来又和瘦瘦约出来喝过几次咖啡，她还是老样子，照样点很多的甜品然后打包回去。我问她打包回去后怎么解决的？她说自己拿去分给福利院的小朋友们，他们很喜欢吃。我点点头，对瘦瘦的印象又好了不少。

我们渐渐熟络起来，也变得无话不谈，但关于她是如何变胖的这个话题，我们都很有默契地闭口不提。

不过很快，大概在两三个月后，我便知道了。而我万万没想到的是，是她主动来找我的。

七月份的温州，典型的亚热带季风气候，雨热同期。再加上来自太平洋的高压影响，电闪雷鸣。

瘦瘦是在一个下着暴雨、电闪雷鸣的夜晚来找我的。

因为雷打得响，我早早地关了手机和电脑，躺在床上翻来覆去。我入睡慢，从九点开始躺下，到十点半也还没睡着，快十一点时，我隐约间听到了敲门的声音。

我打开门，看到一团黑影挡住了我的全部视线，我好像感觉到了一大坨肉在我面前蠕动。打开灯一看，吓了一跳——那坨肉是瘦瘦。

瘦瘦全身都湿透了，头发杂乱无章地披在前面，挂着水帘。她将湿透了的头发往后拨，缓缓开口："小笛，对不起，对不起。我不是故意要来打扰你的。我没什么朋友，一打雷又有些怕，所以才想到来找你。"

"没事，快进来坐吧。"我招呼她进屋。

我将她引到浴室，给她递了条浴巾，让她先洗干净，不然会感冒。

我找到了我最宽松的衣服给她，她还是穿不上，于是她裹着条浴巾就出来了。我看着她头发上的水滴坠下，滑进胸里。我下意识地往她胸部处看了一下，可能是因为胖，她的胸部严重下垂，我想到了她从前那火辣的身材，不由有些惋惜。

她好像注意到了我的目光，对我说："我今天就是想来告诉你你之前想知道的那件事。"

瘦瘦说，一打雷，她就想起来自己从前遭受的一切，不可抑制地想流泪。

瘦瘦出事是在和前男友分手前的一个月。那天是她前男友的生日，她加班出来后，已经九点半了，期间前男友一次也没有联系她。天气闷闷的，很快就要下暴雨的节奏。尽管如此，瘦瘦还是提了蛋糕到前男友家找他。

她有钥匙，所以也就没敲门，想给他一个惊喜。打开门后，她叫了几声没人应，隐约听见浴室里有水声，走到门口，听到浴室里传出前男友的声音，还有一个女声……

瘦瘦疯了般地往外跑，她无法接受自己所爱的男人对自己不忠诚。雨下得很大，她躲在滂沱的雨中，泪流满面。

生活总是这样，当你以为已经绝望到极点时，千万别怕，因为，它会让你更绝望。

瘦瘦就是这样的，她拨开雨帘奋力奔跑，终在转角处与迎面而来的车撞了个满怀。

于是之后发生的一切都顺理成章了起来。瘦瘦可谓在一夜就接受了人生百态。

前男友看到了摆在餐桌上的蛋糕，明白瘦瘦来过。他到底还是爱她的，撑着伞跑出去找她，然后在转角处看到了躺在血泊中的她，肇事司机已逃之夭夭。

瘦瘦经历车祸后更瘦了，前男友心疼她，每天煲好营养汤送来医院。两人很有默契地绝口不提那天发生的事。事实上，不是瘦瘦大度不追究，而是她担心两人鱼死网破，就此背道而驰。

医生给她开了很多药，大多是些补充营养的药，可能是这些药物促使她身体分泌的激素太多了，再加上前男友顿顿油水漂浮的汤，康复之后，瘦瘦迅速胖了起来。从原来的八十斤胖到一百三十斤，整整五十斤啊！

更要命的是，她一直难以释怀，每每想起那个夜晚发生的事，她都心如刀割，简直要窒息。她缓解这一切的方法是——暴饮暴食。

截至前男友提出分手时，瘦瘦的体重为一百六十斤。事实上这还是保守估值，况且我认为，他前男友可以再忍她三十斤的时间，真的已经很难得了。

众所周知，胖子是没有春天的，至少在中国是这样的。

胖子吃与不吃都是错的，她们吃得多了，别人就会说："天哪，你那么能吃，怪不得这么胖。这么胖还是控制点为好。"

吃得少了，就会有人说："啊呀，你怎么吃这么点还那么胖啊。"

不吃呢？那更可怕了，别人会说："你减肥啊？我告诉你哦，节食是达不到减肥效果的。"

每一个胖子，在这种固定的套路下都会变得看似无坚不摧，但实则非常敏感，内心脆弱。

讲到这一段时，瘦瘦的眼泪就已经将我的睡衣浸湿了，我泡在她无尽的泪水中，却还要强忍着安慰她："没事的，没事的。会好起来的。"

然而事实上，我想的是：赶紧减肥吧。否则嫁不出去的啊。过去的就别想那么多了，还是努力向前看吧。

不过很快，瘦瘦就一改方才那痛苦的样子，一字一顿地说："我要追刘明宇！"

"刘明宇是谁啊？"

"就是前几天咖啡店的帅老板啊。"瘦瘦花痴地说。

算了算了，我承认我错了。我真的不该安慰她的，一转眼，她就一副战斗力十足的样子。

"那……你加油。"我坑坑洼洼地说。没办法，谁让她是当红网络写手！红的人说什么都对，我咬牙切齿地想着。

瘦瘦说归说，可我明白，她还是怂。或者说，不只是怂，更是自卑。

据我所知，我第一次在咖啡店见到她的那次，是她第九十三次去那家咖啡店。然而，即使她风雨无阻地去那儿，每次都几乎把店里所有的甜品点了个遍，她对咖啡店老板的了解还只是停留在名字阶段——知道他叫刘明宇。

我第二次陪着瘦瘦去咖啡店，是在她生日那天。我特地观察了一下，嗯，的确帅，帅到没朋友的那种。很干净、很舒服的一个男孩子，像是冬日里的暖阳。

刘明宇确实很暖，得知当天是瘦瘦生日，他为瘦瘦特制了一份蛋糕，取名为"蔷薇花开"，很少女心的淡粉色，缀上几朵翻糖蔷薇花，很唯美的一款生日蛋糕。

"就当是我送你的生日礼物吧。"刘明宇说。

瘦瘦看了她一眼，感动得热泪盈眶，那天，不太爱吃甜品的她拉着我，两个人，吃光了一个整整六寸的蛋糕！

刘明宇离开后，她神神道道地把我拉到一旁，问我："你说，他是不是对我有意思了？"

她满脸期待的样子，我害怕她一不留神口水就会流出来。"你想多了吧，人家只是看你是他的老主顾而已。你也不想想，这么久了，你让他赚了多少钱。告诉你啊，千万别乱猜测男人的心思，在他们没亲口说喜欢你之前，千万别自作多情。"我衷心劝告她。

她自讨无趣，不理我，继续吃她的"爱心蛋糕"。

虽说我没谈过恋爱，却也明白爱情里的生存法则。书上说，女人是没有爱情的。这里的"女人"是一个总的集合，甚至包括那些优秀的"白富美"，更何况是瘦瘦这么个胖子。

冷场了许久后，我担心她想太多，便开口问她："你有想过告诉他吗？"

她抬头，暗淡许久的眼神转而又发起光来，随后很用力地摇了摇头。

"为什么？"我问她。

"我是个胖子，胖子是不配拥有爱情的。我怕我为他付出我所有的勇气，最后收获的却只是嘲笑。"瘦瘦很诚恳地说道。

这时候，我已经极度同情她了，的确，肥胖既不是病，也不是什么天大的罪过，为什么胖的人总要被鄙视，甚至失去很多明明本该属于自己的东西？

"瘦瘦，别这样。"我轻声安慰她。

"没事。"她朝我扬起一个笑脸，"习惯了。"

我问瘦瘦接下来打算怎么办，总不可能就这样一辈子看着他煮咖啡，然后自己只是充当一个匆匆过客，旁观他的冷暖。我问她："你甘心吗？"

"哪有什么甘不甘心的。爱情的规则，就是没规则，一切从自己出发，在一起是两个人的事，分手却只要一个人说了算。爱情，他妈的就是世界上最自私的事。"瘦瘦很激动，最后竟爆起粗口来。

"嗯，是的。"我附和，"南怀瑾说过，爱情就是自私，人类的我执。"

瘦瘦不再说话，我们之间有意义的谈话就此而止。

后来的很多天里，我还是陪着瘦瘦每天来咖啡店，打包各样的甜品送给福利院。刘明宇也是照常站在吧台前安静美好地磨着咖啡。

一切的美好截止在仲秋的气流中，像断层那般，再无拼接的痕迹。

刘明宇有女朋友了。

这是我先发现的，起初瘦瘦还不信，非要认为这是我的恶作剧，是我为了让他知难而退。

那是一个天色渐黑的黄昏，我从商城里出来的时候，看见前面有个熟悉的身影，为了证实我这一想法，我特地跑到他前面去躲在角落观察，这下我几乎可以确定这就是刘明宇了。他和一个皮肤白皙、长相甜美的女孩并肩走着，手里提着大大小小的购物袋，很温柔地抚摸那女孩的头。

我把这件事告诉瘦瘦时，她惊呼："不可能。"坚信是我看错了，我无可奈何，悔不当初，心想早知道我当时就该拍张照给她看。

不过很快，瘦瘦就发现我是对的。她在咖啡店里见到了那个女孩。

瘦瘦照例坐在角落的那个位置，那里地理位置优越，瘦瘦可以尽情窥探刘明宇，并且很难被发现。

刘明宇还是像往常那样磨着咖啡，然后她看到从厨房出来一个女孩，端着盘点心，用叉子叉下一小块，喂他吃。瘦瘦气得直跺脚，却又无可奈何。刘明宇和那个姑娘真的很般配，而且还挺有夫妻相。瘦瘦骨子里的"自卑"又流露出来了，她甚至不敢表露出自己悲伤的情绪。

"小笛，你说我该怎么办啊？"当晚，瘦瘦给我打了个电话，把白天发生的事事无巨细地告诉我，征求我的意见。

"哼！让你当时不相信我。"我傲娇。

"好啦。现在不是说这个的时候，我们先想想接下来该怎么办吧。"瘦瘦"低三下四"地乞求我。

"要我我就跑去找他问清楚。"

"我不敢……"

"怂!明天姐们陪你去。"

"啊啊啊啊啊啊!不要啊!万一连朋友都当不成了怎么办?"

"幼稚!你又不缺朋友,你缺的是男朋友!"

瘦瘦也就半推半就地同意了。

第二天一早,月亮还挂在天空上,我就拉着瘦瘦直接"杀"到咖啡店。我们的开头很气势汹汹,到了咖啡店后,面对着紧闭的大门,一下子就泄了气。

瘦瘦拉着我,"要不我们还是算了吧。"

"不行!"我坚决地拒绝了她。

我们两人在仲秋的寒风中蹲在咖啡店门口,像两个——乞丐。

终于,在八点十分的时候,刘明宇出现了。他看到我们两个愣了一下,然后跟我们打招呼,"嗨——你们……你们这是在等我吗?"

"没,没,没。"瘦瘦还是怂,很没志气地否定了,"我们只是忽然很想吃你家的甜品。"

"真的吗?那为什么你每次都点那么多却不怎么吃啊。"刘明宇挑眉。

"好东西大家一起分享,当然要打包回去分享给朋友们啦,再说我都那么胖了,少吃点没关系。"瘦瘦解释道。

"这样啊……"刘明宇点了点头。

瘦瘦还是担心他不信,拉了拉我的衣角,让我也解释几句,这样显得更有说服力。算了算了，她红！我依她。

"对啊，你家的甜品超好吃的呢！瘦瘦推荐给我后我天天都想来呢！"我很夸张地说。

"原来你叫瘦……瘦……啊？"刘明宇难以置信。

坐到沙发上后，我拍了一下瘦瘦的肥腿。"敢情他连你名字都不知道啊！那你还这么一副孟姜女哭长城的架势。"

"唉……我又没怎么和他交流过。"

"那你这怎么追啊。本来自身条件就比人家差些了，你还这么不主动。还有，你刚才怂什么啊？唉……"我恨铁不成钢。

"我……我也不知道……那我接下来怎么办？"

"笨蛋！当然是直接跑去问他啊！"

"问什么啊？"

"问他'我喜欢你，你喜不喜欢我？'他要说'喜欢'这事就成了，要说'不喜欢'你就趁早放弃吧，不可能的。"我一副情场高手的样子。

"不行不行，我还是不敢。"她的头摇得跟拨浪鼓一样。

"那你就问他昨天那个女孩子是谁，是不是女朋友之类的。"我简直要被她气死了。

"小笛，我真的不敢。"

我跳了起来，好像要奔赴前线作战为国家献驱一样，"好，你可以。你不去我去。"

我走到吧台前，刘明宇抬起头，很好奇地看我。

"你还要吃些什么吗？"他语气温柔。

"不。"我接着装作关系很好的样子和他套近乎，"对了，感觉昨天那个女孩子蛮好看的啊。"

"那当然啦。"刘明宇一脸得意。

好了好了，这下八九不离十了，瘦瘦完蛋了，这回她要哭死了。为了我不用再牺牲一件衣服，我觉得还是继续问下去比较稳妥，毕竟在他没承认之前我还是有胜算的。

"你女朋友啊？眼光不错。"我假装淡定。

刘明宇爽朗一笑，"哈哈，怎么都这么说。没有啦！我妹！没发现我们长得很像吗？"

"像！像！真像！"我差点没飞起来，终于不用再牺牲一件衣服了，"那你继续忙，我就不打扰了。"

我走回位子，瘦瘦一脸茫然地看着我，急切地想知道结果。我想起她刚才那怂样，决定逗逗她。

"你们刚刚说什么啦？聊得那么开心。他刚刚还对你笑了呢！啊啊啊啊啊啊啊！好帅啊！我心都酥了。"她一脸花痴。

"你还笑得出来！人家都有女朋友啦，你还那么开心。"我努力憋着笑。

瘦瘦垂下头，不再说话。我有点被吓到了，这死胖子，真脆弱！想想还是不让她难过了，毕竟胖子的心总是那么脆弱。

"好啦，别难过啦。不是女朋友！是亲妹妹啊！"

瘦瘦瞬间又开心回来了。真好，还能有人可以掌控她的心情。

"不过话说回来，别得意太早了，现在没有，不代表以后没

200

有，像他这么优秀的人，肯定姑娘一大把一大把的，要是再没有女朋友的话，我都怀疑他是个 Gay。"我很诚恳地说道。

瘦瘦一激动，一个巴掌拍到我的大腿上。这死胖子！人胖就算了，力气还大，我痛得眼泪都快流下来了。

可是一次的幸运，不代表每次都可以那么幸运，况且现实生活中只能是王子和公主，灰姑娘终是要在灶台上忙碌的。

接下来的很多天，瘦瘦还是和往常一样，每天在咖啡店里一坐一下午，窝在沙发里码码字、看看刘明宇。其实这种日子也是蛮幸福的。

也许是上次的事情让瘦瘦有了危机意识，她开始主动接近刘明宇。有时甚至还跑到吧台上和他聊聊天。

在我学生时代，我就发现了一则不变的定理：但凡是胖子，女的，好说话一点的，都可以跟各大男神玩得很好，因为男神可以毫无负担地把她们当哥们！

综上，瘦瘦完全符合条件。不出意外，她和刘明宇很快就熟络起来了。

刘明宇渐渐察觉到瘦瘦并不是真的喜欢吃他家的甜品，但他幼稚地以为瘦瘦觉得他家咖啡店环境好，适合写作。于是下一次瘦瘦光顾，点了那么多甜点后，他拒绝了。

"瘦瘦，你要是觉得店里环境好你可以随时来，不消费都没问题的。"

瘦瘦不知道该回答什么，但还是点了一份芝士千层和卡布奇诺。

刘明宇端上咖啡和点心的时候，顺势坐到了瘦瘦旁边，他凑过头去，看她屏幕上写的那段。

那时瘦瘦那部《在天黑的时候遇见你》还在连载，内容大致是幻想和刘明宇之间发生的一切。

刘明宇看到的那一段刚好是：他停下手中的工作，来到我的座位前，搂着我，亲昵地问："小混蛋，中午想吃点什么？"我捏了一下他的脸，"随便，都好。"他顺势吻了下来，"那就把我吃了吧。"

瘦瘦脸都红了，急忙合上电脑，刘明宇说："我有关注你微博，故事很好看。"

她这下真的淡定不了了，问他，"你都知道了？"

"大概能猜出些了吧。"

这下瘦瘦真的慌了，"猜出什么了？"

"你这么喜欢来这里是因为……"刘明宇不愿再说下去了。

"我……我……对不起，你千万别生气啊。我不是故意的，我……要不我马上删。"瘦瘦急得快哭出来了。

"没事，有什么好删的啊。我只是觉得你真的很痴情。如果你还想继续怀念他，我这儿随时欢迎你来。"

"什么？"瘦瘦越来越听不懂他说话了。

刘明宇告诉瘦瘦，这家咖啡店是他一年前看到门口贴着的转让广告后接下来的。以前的店主走之前告诉他，他要走了，因为他做了对不起曾经最爱她的人的事。

瘦瘦这下知道了，原来刘明宇这个智障男把自己当成前店主的女友，每次来这儿只是为了怀念他们过去的时光。

她把这些事情告诉我的时候我笑得前仰后翻，刘明宇太可爱了，这脑洞大得丝毫不亚于瘦瘦啊。我告诉瘦瘦刘明宇应该跑去当作家，否则太埋没人才了。

不过刘明宇可爱归可爱，还是让瘦瘦伤透了心。

这回刘明宇是真的有女朋友了，而且还是他主动告诉瘦瘦的。

刘明宇告诉瘦瘦他要停业几天，陪女朋友出去旅游，如果瘦瘦想来坐坐的话他可以把钥匙给她。

瘦瘦待在原地，差点没哭出来。但她还是忍住了，挤出笑容，对刘明宇说："没事，刚好我这几天也有事。玩得开心。"然后落荒而逃。

后来发生的事你们应该都能猜到了，很荣幸，我又牺牲了一件衣服。

"好啦，不哭了啊。肩膀借你靠靠。唉——不就有女朋友了嘛，有什么大不了啊，还可以分手的嘛，结婚了都能离婚呢！别把自己一棍子打死，你还有机会的。"我很违心地说了很多。

瘦瘦还是哭，哭得稀里哗啦，哭得天昏地暗，哭得……把我家都要淹了。

"死胖子，人胖就算了，眼泪还这么多，男人算个什么东西嘛。我告诉你，男人就是个屁。姐们这么多年都单身，一个人还不是过得好好的。"我干脆凶了起来，希望换种方式让她醒悟，"来，跟着我念，男人，就是个屁！"

"男人，就……就……是个………屁！"瘦瘦哽咽着。

"好啦好啦，这不就行了嘛。现在赶紧回家睡一觉啊，一觉醒来就什么事都没了。"

"可我还是好难过。呜——"瘦瘦又哭了起来。

此时此刻，我真的很想把她打包扔出去，然而现实是，我不得不稳住，否则，以体重来衡量的话，我会被她扔出去。不得不说，我真的很佩服那些幼儿园老师，是怎么做到面对那些那么能哭的小孩子还有耐心安慰他们的？

"要我是男人我也不会喜欢你。你想想，哪个男人不喜欢大眼睛小嘴巴瓜子脸细胳膊细腿的女孩子？放着这些女孩子不喜欢去喜欢你个一百六十斤的胖子？况且刘明宇那么优秀，一看就知道追求者很多，帅哥终究是要和美女搭配的啦。"我不怕死地说。

瘦瘦好像有点想通了，突然站了起来，"我决定了，减肥！"

都说人红是非多，果然，跟瘦瘦相处的这么长时间里，我不仅没捞到什么好处，而且还屡屡受伤。这不，瘦瘦减肥的第一个牺牲品还是我。

清晨六点没到就跑到我家来拉着我各种跑步，我真的，很想拿把菜刀剁了这个死胖子。

果然胖子对自己狠起来都不是人，瘦瘦彻底戒掉肉，连主食都不吃，每顿只吃蔬菜水果沙拉。

她不知从哪搞来刘明宇的照片，单寸照，很清秀的那种，在背后写道：You are my sunshine. 减肥坚持不下去时拿出来看看，然后继续努力。

众所周知，减肥是场持久战，要毅力，也要体力。瘦瘦具备了毅力，却没具备体力。

她跑着跑着，就晕了。

我在医院看到她时，她躺在病床上，毫无血色。嘴唇一张一合的，似乎想跟我说些什么。我走上前去，将耳朵靠到她嘴边，听到她说："我真的好喜欢刘明宇。"我的鼻子有些酸酸的，眼泪差点没喷出来，这死胖子，都这样了还不死心。

"你这样痛苦的是你自己，刘明宇好着呢！和女朋友满世界跑，你呢？现在躺在这儿算什么啊你。"我有些心疼。

"我想为一个人努力一次。从前，我好看的时候，从来都不相信这些，甚至还糟蹋别人的真心。现在我明白了，人这一辈子，就要为一个人义无反顾。"

"好，大不了他结婚我陪你去抢新郎。"

大约过了一周，刘明宇回来了。他还是老样子，我去他店里喝咖啡的时候，他问我瘦瘦怎么没来。

"在医院躺着呢。"我没好气地说。

"她怎么了？"

"累倒的。"

刘明宇向我问了瘦瘦所在的医院以及病房号，当晚打烊后就提着个果篮过去了。

瘦瘦见到她后开心得简直要从床上跳起来了，兴奋的同时又不想让他看到自己生病时这副狼狈样，结结巴巴不知该说什么好。

倒是刘明宇先开口，"你瘦了。"他说。

"瘦了不挺好的吗？好看些。"

"嗯。"刘明宇应着。

他们俩又扯了点话题，直到快十一点刘明宇才离开。

刘明宇走后瘦瘦问我："你说他会不会喜欢上我了。感觉他有点紧张我哎。"

瘦瘦真的是给点阳光就灿烂，之前还为了人家哭得死去活来，现在又笑得那么荡漾。

"他有女朋友哎！"我拆她台。

"又不是不能分手，结婚了还能离婚呢！这可是你说的。"她开始言之凿凿。

于是我们的胖子瘦瘦开始了她荡漾的第二春。当然，是她单方面以为的。

她每天要做的事就是扔硬币，"他今天会来。""他今天不会来。""他今天会来。""他今天不会来。"……长此以往，简直像个深闺怨妇。

只是自那天后，刘明宇再也没来过。我有好几次路过那家咖啡店，想让他去看看瘦瘦，只是，每一次，回应我的都是紧闭的大门。

他应该在陪女朋友吧，我想。

瘦瘦恢复后，又开始减肥了，不过这次，她均衡了自己的饮食，将肉、蛋、蔬菜、水果的比例控制得很好。

我看见过瘦瘦咬牙坚持的样子，说实话，看着她挥汗如雨的样子我有些难过，为什么好女孩都要这样被命运糟蹋。相处那么久，我发现她真的是个很好的姑娘，很会照顾人，也敢爱敢恨。总之，和她在一起的日子，我很开心。

她用整整一年的时间，瘦了六十斤。也整整一年没去找刘明宇，只是为了让他惊艳一下。

她瘦了的样子真的很好看，不亚于奥黛丽·赫本。有种古典美，再加上气质逼人，想不喜欢都很难。

"要我是男孩子，我也喜欢你。"我开玩笑说道。

我记得她以前说过瘦了就去跟刘明宇表白。我问她准备好了吗，她深吸了口气，告诉我准备好了。

可是，我们这样的行为会不会很可耻……这样，算是小三上位吧？但是，只要瘦瘦幸福，又何必在乎别人的目光。爱情的本质就是自私，人类的我执。

只是，我们上述的顾虑全部都没发生。因为，刘明宇不见了。那家咖啡店的门还是紧闭着，我和瘦瘦蹲点蹲了一个多星期，还是一无所获。

直到一天，我们晨跑时路过咖啡店，发现门是开着的，我们欣喜若狂地冲上去，迎接我们的，却是一个陌生的面孔。

那个店主一点也不像刘明宇，他留着络腮胡，告诉我们，他是这家店原来的店主，这次回来弄回这家店是为了纪念自己的青春，他打算把这儿改造成一个小型酒吧，在这儿分享自己的原创音乐。

我和瘦瘦落荒而逃，再也没有路过这里。因为我们都在害怕，害怕曲终人散、物是人非。所以，过去的美好就都留在过去吧。

瘦瘦在微博上更新了《在天黑的时候遇见你》，她在末尾处写道：他走了，毫无防备地走了。故事就此结束。我的咖啡店老板，我终究没来得及，在天黑的时候遇见你。

评论区里哭成一片，纷纷怂恿瘦瘦去把他追回来。瘦瘦回复他们一个笑脸的表情，说："只是小说而已，别入戏太深嘛。"

可现实中，她早已泪流满面。

不过他们之间的故事并没有就此截止。刘明宇私信了瘦瘦：我们的故事好相像，相像到我都快把自己当成男主角了。瘦瘦，我把咖啡店还给他了，回去找他吧。祝你幸福。

瘦瘦揉了揉眼睛，最后才确定自己没有看错，确实是刘明宇。她迅速回复他：你在哪里？我们聚聚吧。生怕仅仅错过一秒，她便再也找不回他。

刘明宇给她发了个地址，瘦瘦奋不顾身地跑过去找他。

她终于见到他了，整整一年了，他变得更有男人味了，胡子长了点，面部也沧桑了，留下了岁月的痕迹。

最惊讶的还是刘明宇，他难以置信眼前的这个人是瘦瘦，她变得太快了，现在已经是个活脱脱的美女了。

"和你的相遇就是梦一场。"刘明宇如是说。

"我也是。"

两人沉默了好久，各怀心事地啜着咖啡。

"刘明宇。"瘦瘦叫了他一句，他的名字真好听，多少个夜晚，她就是靠默念他的名字来缓解寂寞的。

"嗯？"他低声应道。

"你知道吗？不是因为故事相似，而是故事里的男主角是你。我们之间所有的故事，都不过是我的幻想而已，有那么一刻，我甚至觉得你不过是一场梦。刘明宇，我喜欢你。"她忽然鼓起勇气告诉他。

"对不起，我要结婚了。"刘明宇沉默了好久，递上喜帖。

瘦瘦原以为自己能坚强，可憋了好久的眼泪还是不可抑制地喷涌而出，而后蒸发，消失在夏末的气流中，一如他们之间的故事。

"所以你还是没有为我心动吗？"

"瘦瘦，你很漂亮，这是不可否认的。"刘明宇忽然很认真地说道，"可是爱情从来就不是建立在外表的基础上的。我把你当成了很好的朋友，而这种感情，不会因为你外貌的变化而波动。一如我对我的未婚妻，我不会因为她以后老了变丑了就不喜欢她了，爱情，是一如既往的深情。"

"我明白了。"瘦瘦拿着喜帖落荒而逃。

刘明宇结婚的那天，瘦瘦还是去了，拉着我。当然，我们不是来抢亲的，我只想陪瘦瘦对青春做个告别。

出乎我们的意料，新娘一点也不好看，身材不好，有点微胖，五官也不漂亮。可是看得出来，她很幸福，刘明宇很爱她，对她很好。

我看了看新娘，发现她哪也比不上瘦瘦。论身材，瘦瘦甩她十条街；论外貌，瘦瘦甩她二十条街；论才气，更不用说了，我们瘦瘦可是当红网络作家。可是，在爱情里，她得到了瘦瘦这辈子都不可能得到的人。

　　瘦瘦没有哭，相反，她很大方地走上前去，给了刘明宇一个拥抱，"祝你幸福。"

　　"再见，青春。再见，刘明宇。"她在心里默念。

　　我终究没来得及在天黑之前遇见你。

桃花庵里没有我

遇见沈九娘，是在去年三月份，我只身一人前往苏州，告别了过去的城市，也告别了曾经的那段感情。

三月的雨混着桃花瓣飘散如烟，我撑着油纸伞，心事重重地漫步桃花庵中。

我听见一阵低声抽噎，由远及近，顺着声音走近，发现一位头发挽成简单的小髻、上面别着一只精致的缀着珠宝的钗子、穿着襦裙的女子。她靠在柱子上，抽噎着。我有些同情她，便掏出张纸巾递给她。她抬起头，诧异地看着我。我这才得以看清她的脸，泪水模糊了细致的妆容，却依然挡不住她的美貌。或许说，她有种古典美，混着历尽千年的沧桑感。过了许久，她才开口："姑娘竟然看得见我？"

我不由一惊，难道她没有真实存在于这世界吗？她点点头。为了证明，她站到一个路人面前，那个路人却好像没有看见她一样地从她身体里穿过。

我这才相信她所说的话。

她叫沈九娘，唐伯虎的妻子。

在此之前，我一直以为唐伯虎的妻子是秋香，也曾羡慕过他们之间至死不渝的爱情，并以此为爱情的最高境界。如今得知秋香只是个虚构出来的人后，我不禁感慨世间何事为真何事为假我早已无从分辨，就连历史也可被人篡改为美好的想象，更何况是爱情。

那天，九娘与我诉说了千年前的愁绪。

沈九娘

又是一年三月，春暖花开时。朵朵桃花盛开，混着雨丝杂糅在空中，然后落入泥土。我倚在户枢上，看着眼前的这片花海，落下了眼泪。已经五百多年了，桃花庵里还是容不下我。

从此秋香芳名永留，再无九娘。

我看见游客结团漫步桃花庵中，他们看着伯虎在堂前留下的字画，想象着他和那个叫"秋香"的女子的风流往事。就连门外的烧饼铺，做出的饼也叫"秋香饼"。我想，再也没人记得我了。

我可以忍受所有人的背叛，但是伯虎，你还记得我吗？你故事里的女主角，是否早就替换成了被人杜撰出来的秋香？

我是沈九娘，唐伯虎故事中的女主角。

三月的苏州城，十里长街，路上不乏衣着青衫手执折扇的才俊。可我，推开窗扉的那一刻，全世界尘埃落定，我的眼里只剩你。你一袭白袍，风流倜傥，踱着步子停在我的窗前。你说："小姐，我们是不是见过？"我笑你太风流，见到姑娘就问是否见过，你却一脸坚持，说只对我一人说过这样的话。

　　我假怒，将窗户一关，你的容颜就消失在我的世界里。你站在原地唤我，"姑娘，开开窗。你的手帕掉了。"

　　我笑着打开窗，这个呆子，还江南四大才子之首呢。"送你了。"

　　看着你将手帕收入怀中后，我把窗户关上，背靠在窗户上数着漏掉的心跳。很久，没有这种心跳漏拍的感觉了。

　　再次见到你，是在两天后。

　　我本是苏州一代名妓。那日，奉老鸨之命，接待苏州城内富甲一方的张员外。张员外邀我与他饮酒作乐，我强颜欢笑。我知道，这就是命。我知道，我的身体早已不是由我自己主宰。我知道，人生本就是有很多事身不由己。就在我以为这么多年下来，我早已习惯之时，我却遇到了你。伯虎，是你让我想好好珍惜自己。我第一次那么强烈地想要保护自己。

　　当张员外靠近时，我推搡着。他怒道："沈九娘，纵你再如何有才情，也不过是个妓女，何必假装清高。今天让本员外好好疼疼你。"我无论如何不肯依他，"张员外，九娘只卖艺不卖身。"他狠狠地骂道："小贱人，别给你脸不要脸。不过是个妓女而已。"说着，便粗暴地冲上来扯下我的褥裙。

　　是啊，伯虎，我不过是个妓女。怎么可以毫无自知之明地去喜欢你？我闭上眼睛，放弃了挣扎。

门外隐约出现你的声音，我仿佛听到你在与老鸨争执。我静静地听着一阵阵的骚动，内心燃起些许小情愫。可很快，我就告诉自己，别做梦了沈九娘，你不过是妓女，你凭什么以为唐伯虎会爱上你？

我绝望得想哭泣。正在此时，门被人踢开了，我看见你凌乱着头发站在门口，很显然方才与人起了争执。我看见你站在阳光底下，像是从天而降的天仙。你向我走近，将张员外拽开，然后帮我理好襦裙便牵起我的手，奔出青楼。

我们在夕阳下奔跑，我提着裙裾，随着你的步履奔跑。我们跑到了一片桃林，粉色的花瓣缓缓落下，像是一场早已拉开帷幕的戏。桃花瓣掺进我的发丝，同簪子装点我的青丝，你吻了吻我的头发，接着抱紧我，"九娘别怕，我来了。"

我将头埋在你的怀里，闻着你身上的油墨味，是那样舒服柔和。我踮起脚尖，捧起你的脸，轻轻地吻了一瓣你的唇。

纵我知道这不过只是一瞬，回去之后我依然是苏州名妓而你也还是江南才子，我们，终究不能在一起。可我却还是小心翼翼地趴在你的肩膀上，听着你说那些情话。

知道吗？伯虎，因为你，我第一次那么渴望爱情。

天色渐暗，我们终究要回去面对生活，虽然我们都极不情愿。你紧紧地握住我的手，漫步苏州的街道。我们都尽量放慢脚步，可是纵使这样，也还是在黑夜完全吞噬掉黄昏的那一刻到了。我们停在门外，迟迟不肯分别。老鸨看到这幕，从里面走出来，"呦，九娘，什么时候开始勾搭上江南四大才子之首唐伯虎啦！够厉害的嘛！"她话里的讽刺程度你不会听不出来。我示意你赶紧走，因为不想看你为了我与他人再起争执。

从那天起，你开始频繁地来青楼找我。我收拾好妆阁，为你洗好砚、调好色、铺好纸，使你得以安心作画。

你看着我，然后挥笔。你说，前半生你我无缘相会，那么后半生你就要用尽你的才华将我的容颜存在画中。你说你要画我的千姿百态，画我的朗目疏眉，画我的明眸皓齿，画我的风鬓雾鬟。我笑了，问你我有那么好看吗。你盯着我的眼睛，真挚地说有。

我与你也曾在夕阳下漫步姑苏城，我挽着你，那一刻，我觉得我们好似一对夫妻。只是这样的想法很快被我扑灭，我知道，你我之间，不可能会有结果的。

我们坐在河边，看着水纹由远及近层层递进，它还是如初时那般清静温婉，一切来源于俗世间的喧嚣都渐渐沉淀在这琉璃千顷的水流中，随着风缓缓流淌，流淌到远方。在朦胧的月色中，你认真地问我："九娘，你愿做我的妻子吗？从此尘埃落定，不再风流。"我愣住了，伯虎，我虽爱你，却从未奢求过有朝一日能成为你的妻子。这于我来说只是一场遥不可及的梦。我从你手里抽出自己的手，然后落荒而逃。

你再也没来找我，我想，你恨透了我。你一定以为我是个水性杨花的女子，不愿放弃世间风流，随你尘埃落定。可是唐伯虎，你是江南一代风流才子，而我只是个妓女，你让我以什么样的身份去做你安守本分的妻？我怕因为我，你的世界凭空多出很多的烦恼。我想，只有离开你，才能还你本波澜不惊的生活。

伯虎，九娘与你，终是没有结局的两个人，如此，好聚好散便是。

一个月后，我从一位客人那儿听说了你的事情，他说你萎靡不振，整日借酒消愁，憔悴不堪。我不忍心你这样自甘堕落，便跑去找你，你正买醉，见我过来后，你便搂住身旁的一位姑娘，宠溺地唤她的名字，像当初对我那样。有那么一刻，我觉得我们曾经所谓的那场故事不过是我一人的独角戏，你不过是我人生中匆匆走过的过客，我却把你当作我对爱情至死不渝的信仰。

我走上前去质问你："唐伯虎，你说你爱我，这就是你的爱吗？你的爱就那么廉价吗？"我的语气强烈了起来。

你头也不抬，"是啊，我们之间只不过是一场游戏。就像昨天我说喜欢你，今天同样可以说喜欢别人那样。从今以后，你做你的名妓，我当我的才子。我们之间，不会再有交集了。"

你说完之后，便又抱着身旁的那个姑娘，挑逗着她，在她耳边说着些情话。

我转身，泪流满面。的确，我本就是一介妓女，本就不能与你有交集。既然有交集已是我最大的幸运了，又何必希望你的长情，这不过是梦一场罢了。

只是你还是来了。三天后的一个夜晚，你不由分说地闯入我的闺中。我闻见你身上宿夜买醉后的酒味，那股好闻的墨香不见了，你也不再是过去的你了。

我想把你推出去，奈何你力气太大。

你将我逼近角落，吻了我，"九娘，告诉我，怎么就是忘不了你呢？抱着别人的时候想的却是你。你告诉我，如何才能忘记你？"说着，你便倒下，趴在地上睡着了。

我用尽全力将你拉上床，然后用毛巾将你身上的异物擦拭干净。你忽然握住我的手，喃喃自语："九娘，不要离开我。如今，我唐伯虎已是一介穷困潦倒的书生，除了你，我什么都没有了。九娘，告诉我，如何才能将你留在我身边？"

伯虎，你知道吗？你这句话是我的铠甲，带我穿过日后枪林弹雨般的指责。

而你，便是我带着泪水的笑靥。

你醒来的时候，我累得趴在床边睡着了。我睡得浅，听见你坐起来的声音，便马上张开眼。你看着我，然后将我紧紧拥入怀里，生怕我逃跑。你说："九娘，我真是疯了。发了疯地爱你。"

你说："我们重新开始好不好。"

我点头。

你是我的软肋，却也是我的铠甲。

自那日起，我便不再抗拒自己争取爱情。

我们常常在姑苏城外的桃林里散步，你说你喜欢桃花，问我我们成亲之后在院子里种满桃树好不好，我点点头同意。

又一次桃林相会时，你蒙住我的双眼，我睁开眼时，桃花满地，地上铺满了你为我作的画像，你对我说："九娘，你愿意做我的妻子，从此尘埃落定吗？"这一次，我没有再落荒而逃，而是点点头，答应了你的求婚。

我从老鸨手里拿回卖身契，这些年为她挣了不少钱，她显然有些不情愿，然而，我知道这一次，我去意已决。

我们拿出所有的积蓄，在姑苏城外，置了一座宅子，你给它取名桃花庵。你说，九娘，我们有自己的家了。

你我结发之日，碎花满地。我一袭红袍，凤冠霞帔，踩着朵朵桃花跨进你的桃花庵。你盯着我的红唇，然后轻声道："九娘，你是我见过最美的女子。"我抿唇一笑。

我们的婚礼没有其他人，也是，除了对方，我们都一无所有。没有人看好我们的结合，一个是苏州名妓，一个却是江南才子，怎么会有人看好呢？伯虎甚至为了我和很多朋友断绝了来往。我知道，这段爱情里牺牲的不只是我，我付出了勇气，而伯虎，付出了行动。我们都在失去且得到，失去了无所谓的，得到有所谓的，如此，甚好。

我是你云鬓轻挽的娘子，你是我断了仕途的官人。

我们穷困潦倒，常常有了上顿没下顿。有一次，你从外面带了几个肉包子塞给我，让我赶紧吃，凉了就不好吃了。我穿着满是补丁的衣服，含着眼泪将包子塞进嘴里。吃了几口后，才意识到你没吃，只是在一旁看着我。我将一个包子递给你让你吃，你摇摇头说自己吃过了。

后来我才知道，那几个包子是你贱卖字画换来的，而你，根本就没有吃过。

你靠卖字画为生，而我，负责做一名合格的妻子。为你我洗去铅华，放弃风流，从此尘埃落定。你知道的，骄傲如我，这些付出对我意味着什么。

又是一年桃花满地之时，我们的女儿"桃笙"出世了。你欢喜得不得了，反复喃喃道自己要做父亲了。我抱着笙儿，看着你那副痴狂的样子，捂嘴偷笑。

笙儿渐渐长大，你抱着蹒跚学步的笙儿漫步桃林，教她吟诗，我看着你们的背影，看着这梦一般的场景，落下了眼泪。伯虎，我们还是在一起了，还是组成了自己的家庭。我不在乎外界的闲言碎语，我只在乎你。

我知道，这一切都不可能那么轻易地属于我，既然得到了，就一定会付出代价。

不久后，我便得了风寒，病入膏肓，你日日守在我身旁，悉心照顾，然而我知道，我终是会去的。这世间，我放不下的只有你和笙儿。我把你叫到榻前，嘱咐你："承你不弃，要我做你妻子，我本想尽我心力理好家务，让你专心于诗画，成为大家。但我无福、无寿又无能，我快死了，望你善自保重。"

你握着我的手久久说不出话，眼泪滴到我的手腕，我感受这最后一丝的温热，很快便没了呼吸。

伯虎，我知道，我们终究要做个了断的。

可是伯虎，我早知道在多年后，历史上的我将会被一个年轻貌美、贤良淑德的女子所代替，我知道，只有她，才能配得上你风流才子啊。

我央求天神再给我一次机会，看看五百年后我们的桃花庵。

我回到了这座桃花庵，可我知道，这里的女主人早已不是我。

人生若只如初见，何事秋风悲画扇。

伯虎，你的桃花庵里终究没有我。

陈云疏

九娘说完这些的时候很平静，她说，这么多年了，她终是把心里话给说出来了。只是，她没想到，她是与我一个现代人说的。

九娘问我，此行来苏州有何目的。我告诉她，我有一个相恋了八年的男友，叫沈涩晔。前段时间我发现他并不是真的爱我，之所以选择跟我在一起，不过是被我曾经的穷追不舍打动。他性子冷，寡言少语，从未对我说过绵绵情话，我知道，他从未爱过我。从前听奶奶说，我们家的老宅在苏州，后来因为种种原因举家迁至上海，奶奶总是跟我描述苏州的美好，所以这次我想来苏州冷静一下，回去之后就还他自由。

九娘想了想，说这样也好，缠着一个不爱你的人，不会幸福的。

离开桃花庵后，我打开本已关机的手机，却发现沈涩晔连一个短信都没有发来。也好，此次回去是该做个了断了。

只是沈涩晔，我是真的爱你啊。

我坐上了前往上海的高铁，与当初只身一人离开那样，如今，我带着一身孤勇，重返上海。

坐在高铁上，我细想与沈涩晔的曾经。

沈涩晔是我大学学长，追他时我耗尽了所有的勇气。真正与他有交集，是在冬末的一个傍晚。他孤身一人坐在校园内的小桥上，这儿很清静，除了偶尔有情侣外几乎没什么人。我看着他的背影，落寞而又颓废。记忆中沈涩晔一直是挺着身板，拒人于千里之外的样子，却未曾想他也有过这一面。我走上前去，与他并肩而坐，看到我后他有些吃惊，随后也就与我说了很多。在此之前，我以为沈涩晔总是拒女生于千里之外，可能是取向有问题，然而那天他告诉了我他对一个女孩子痴情了整整五年，最后女孩找了个高富帅远走异国的故事。我从未见过这样的沈涩晔，大概也就是从那天以后，我和他开始熟络起来，最终走到了一起。

我知道他不爱我，就像我知道他还爱着那个女孩那样。

前段时间，我无意间看到沈涩晔的手机，发现那个女孩回来了。沈涩晔开始频繁地以各种理由消失，我不敢质问他，因为害怕自己会因此失去他。

下了高铁，我拖着行李箱走出站，却发现沈涩晔站在出口张望，看到我之后他安心地笑了。我扑上前去抱住他，泪流满面。

他轻抚我的后背，说："没事了，回来就好。"

后来我才知道，沈涩晔之所以没联系我是因为害怕我出事，他早就给我的手机装了定位，所以知道我的去向后想给我时间冷静冷静。而那位女生，他说自己早已没了心动，只不过是想对过去的执念告别，怕我多想，才没告诉我。

我告诉了沈涩晔这次苏州行发生的事情。他听到沈九娘的名字后一惊。许久，他告诉我沈九娘是他的先人，以前父亲告诉他这个故事的时候他不相信，直到现在他才知道原来这个故事是真的。

回家后，沈涩晔从柜子里翻出一首诗：

扬州道上思念沈九娘

相思两地望迢迢，清泪临门落布袍。

杨柳晓烟情绪乱，梨花暮雨梦魂销。

云笼楚馆虚金屋，凤入巫山奏玉箫。

明日河桥重回首，月明千里故人遥。

我看了看，署名是唐寅。

尾声

沈涩晔带我去了姑苏城外的那片桃林，在那里，他单膝跪地，从兜里掏出戒指问我："云疏，你愿意嫁给我，做我妻子，从此尘埃落定吗？"我看着他，点点头。

我们去桃花庵看九娘，只是找遍了桃花庵，却再也没找见她。

后来，我们在角落的一株桃树下寻到了一封信。它静静地躺在那株桃树下，像是专门等待我们去寻找那样。

沈涩晔拿起信，拆开。

上面写着：

天神给我的期限已至，我该回去了。桃花庵里现在是谁已经不重要了，我知道伯虎心里有我就好。云疏，你是个好女孩，真的。从你提到沈涩晔时眼里闪满星星的样子我就知道你一定还爱着他。可是你却又那么绝望地想放弃。云疏，如果真爱他就去找他问清楚，有些事没准是误会呢。不要为了所谓的面子去放弃一个你爱的人。有些人，错过了就是错过了。很开心能在人间遇到你。知道为什么只有你能看得见我吗？因为当时的你太绝望了，就连你自己也没察觉出来的绝望，与我的心境是那么的像，于是，两个悲痛欲绝的人就互相吸引了对方。认识你是我在这个世界最大的收获，我真的该走了，勿念。

落款处的署名是沈九娘。

看完信后，我泪流满面。沈涩晔紧紧握住我的手，告诉我："云疏对不起，我不知道我曾经伤你伤得那么深，从今往后我会弥补过去好好爱你的。"

我含着泪笑了。

纵使开始何种艰难，过程何种曲折，所幸，我们最后还是拥抱到了彼此。

走出桃花庵时，我转身最后看了一眼。

九娘，保重。

如今世人虽不知你，然而在唐伯虎心里，他至死不渝的信仰不是秋香，而是你九娘。

他生命中的女主角是你，桃花庵的女主人也是你，他画中的女人也是你。

所幸，故事的结尾，我们都拥抱到了对方。

如此，甚好。

后 记

在键盘上敲完最后一个句号后，我长舒了口气，终于完稿了。

单是写这本书的空间，就跨越了十一个纬度，先从乐清开始，在乐清写了几个月后，暑假去了北京，也写，北京回来后去南京，还在写。

先说说书名的由来吧。"因风飞过蔷薇"是我很喜欢的一句诗，全句是"百啭无人能解，因风飞过蔷薇"。读这句诗，是在秋末的一个夜晚，空气里弥漫着淡淡的寒流，这种寒流通常能给人清新感，我长嗅了一口，爱上了这句诗。于是，我把"因风飞过蔷薇"做了文章名，最终升级为书名。

《因风飞过蔷薇》是我个人很喜欢的一篇文章，里面记录了一段青涩的爱情。也是我个人很期待的一种青春生活。因为是青春文章，我用了很清新的语调，字里行间流露出淡淡花香。这篇刚写完后我拿给母亲看，她说看哭了好几遍。我想那是因为她还没看过《南半球看不到北极星》。

《南半球看不到北极星》的灵感来源于一堂地理课，地理老师告诉我们，在南半球是看不到北极星的。那时候正是初夏，晚自习第一节课后，我与同学去操场散步，然后仰着头观察北斗七星，寻找北极星。星空是很能感染人的，当时就有些触动，回去后写了这篇悲伤的小说。这篇文章我曾放在我个人的微信公众号"近夏的夕阳"里连载过，连载第一章时，有人给我留言：觉得这篇文章很有感染力，很有代入感。也有很多人说看完之后哭了，其实，我自己在写这篇文章时，写到结尾部分也哭了。有人问我，这个故事的结局好悲惨，为什么不给女主人公安排一个完美的结局。我想，文学是来源于生活的，而生活不可能都是结局完美的故事，就像"人有悲欢离合，月有阴晴圆缺"那样。

《岁月无恙》《夏末的雪》《第五个纬度的夏天》是我经过反复修改得来的。其实有关注我公众号的朋友会知道，它们的前身是几部只有两千多字的小说。然后我把它们当作一个骨架，往里面不断填充肌肉充实它。加入了些曲折的情节，可能看起来更加有味道些。事实上，改编旧文并不比写一部新文要容易，甚至要难得多，因为它已经形成了固定的套路，想要填充，就要顺着它原有的思路，然后又不能被原有的思路完全禁锢住。

有一些文章是出去旅游时迸出的灵感，像《桃花庵里没有我》是我去年十月份去苏州旅游时经过唐伯虎的故居时想到的。故居门口卖着秋香饼，我要了一个，很好吃，甜甜的，脆脆的。可是真正进入那个景点后，导游告诉我，秋香这个人只是虚构的，历史上应该是沈九娘。我当时很感慨，深深同情沈九娘，想到那句：从此秋香流传百世，再无九娘。

小时候，我给作家的定义很简单，出过书的都能被称之为作家，所以我一直以来的梦想就是能出本书。就像很多曾经渴望了很久的事情，到真正要实现的那一天，情绪远远没有想象中的激动，相反，会平淡得多。至今，我仍认为我离"作家"还很远很远，充其量只能被称为一个自言自语的"作者"。

细细想来，如果把文字单纯定义为文学的话，它也陪伴了我整整九年。从小学三年级的第一篇文章获奖，到最近的"北大培文杯"一等奖，一直以来，它都在给我惊喜。

最后，感谢我的伯乐——黄忠老师，一直以来对我的肯定。感谢我父母、家人的支持。感谢身边朋友们的鼓励。也希望《因风飞过蔷薇》这本书，能给大家带来惊喜与感动。

胡向真

2016 年 8 月 12 日